KB054293

첫사랑

▲

PREMIER AMOUR
de Samuel Beckett
Copyright © 1970 by Les Éditions de Minuit

NOUVELLES ET TEXTES POUR RIEN
de Samuel Beckett
Copyright © 1955 by Les Éditions de Minuit

Korean translation copyright © 2020 by Moonji Publishing co., Ltd.
All rights reserved.

Korean edition is published by arrangement with Éditions Minuit S.A. through
Imprima Korea Agency.

이 책의 한국어판 저작권은 Imprima Korea Agency를 통해 Éditions Minuit S.A.와
독점 계약한 ㈜문학과지성사에 있습니다. 저작권법에 의해 한국 내에서 보호를
받는 저작물이므로 무단 전재와 무단 복제를 금합니다.

첫사랑

사뮈엘 베케트
전승화 옮김

▲

문학과지성사

옮긴이 **전승화**

이화여자대학교 불어불문학과를 졸업하고 서울대학교 불어불문학과에서 석사 학위를 받았으며 같은 과 대학원에서 박사과정을 수료했다. 파리 7대학(소르본 파리 시테 대학)에서 에블린 그로스만 교수의 지도를 받아 불문학 박사 학위를 취득했다. 옮긴 책으로 사뮈엘 베케트의 『이름 붙일 수 없는 자』와 질 들뢰즈의 대담집 『디알로그』가 있다.

문지 스펙트럼 세계 문학

첫사랑

제1판 제1쇄	2002년 12월 30일
제1판 제3쇄	2014년 4월 14일
제2판 제1쇄	2020년 5월 8일
제2판 제2쇄	2023년 5월 22일

지은이	사뮈엘 베케트
옮긴이	전승화
펴낸이	이광호
주간	이근혜
편집	박지현
펴낸곳	㈜**문학과지성사**
등록번호	제1993-000098호
주소	04034 서울 마포구 잔다리로7길 18 (서교동 377-20)
전화	02) 338-7224
팩스	02) 323-4180(편집) 02) 338-7221(영업)
전자우편	moonji@moonji.com
홈페이지	www.moonji.com

ISBN 978-89-320-3625-0 03860

이 도서의 국립중앙도서관 출판예정도서목록(CIP)은 서지정보유통지원시스템 홈페이지(http://seoji.nl.go.kr)와 국가자료공동목록시스템(http://www.nl.go.kr/kolisnet)에서 이용하실 수 있습니다.(CIP제어번호: CIP2020016914)

차례

일러두기

1. 이 책은 Samuel Beckett의 *Premier Amour*(Les Éditions de Minuit, 1970)와 *Nouvelles et Textes pour rien*(Les Éditions de Minuit, 1955)에서 작품을 선별 하여 우리말로 옮긴 것이다.

2. 인명, 지명 등 고유명사의 외래어 표기는 국립국어원 외래어 표기법에 따 랐다.

3. 이 책의 각주는 모두 옮긴이 주이다.

4. 작가의 문체를 살리기 위해 옮긴이는 원문 텍스트에 따라 쉼표와 장문을 많이 사용했음을 밝히는 바다.

첫사랑

나는, 옳건 그르건 간에, 시간의 차원에서, 내 결혼과 아버지의 죽음을 연결시킨다. 이 두 사건을, 다른 차원들에서, 다른 방식들로 연결하는 것도, 뭐 그것도 가능한 일이다. 내가 아는 거라고 믿고 있는 바를 말하는 건데 아 벌써 힘이 든다.

아주 오래전 일은 아닌데, 아버지의 묘에 가서, 그 일은 의심할 수가 없지, 아버지의 사망일을, 그 당시에는, 아버지의 출생일에 관심이 없었으니까, 오로지 아버지의 사망일만을 적어놓은 적이 있다. 그날 나는 아침에 나가, 묘지에서 간단히 요기를 하고, 저녁에 돌아왔다. 그리고 며칠 뒤, 아버지가 몇 살에 죽었는지 알고 싶어, 아버지의 출생일을 적어놓으려고, 아버지의 묘에 다시 가야만 했다. 그 두 날짜를, 나는 그것을 내가 아직도 간직하고 있는 종이 쪼가리에다 적어놓았다. 바로 그런 까닭에 내가 결혼할 당시 내 나이가 스물다섯 살 정도 됐을 거라고 확신할 수 있는 것이다. 사실 내 출생일, 그렇지, 바로 내 출생일을, 나는 단 한 번도 잊은 적이 없어서, 그걸 따로 적어둘 필요가 전혀 없었고, 세월도 지우기 어려울 숫자들로 이뤄진, 적어도 제조 연도 정도는, 아직도 내 기억에 아로새겨져 있다. 그날도, 애를 쓰면 다시 기억이 나니까, 내 식대로, 그날을 종종 축하하는데, 여기서 나는 그날이 돌아올 때마다라고는 말하지 않을 거다, 그럼 말도 안 되지, 사실 그날이 너무 자주 돌아오거든, 대신에 종종.

개인적으로 묘지에 대한 거부감이 전혀 없어서, 산책을 나가야 하면, 내 생각에는, 다른 곳보다는 더 쉽게, 훨씬 더 쉽게 그곳으로 가는 편이다. 풀 내음과 부식토 냄새에서 선명하게 느껴지는 송장 냄새가 나는 역겹지 않다. 어찌 보면 약간 지나치게 달달하고, 약간 현기증을 일으키는 냄새지만, 그래도 겨드랑이 냄새, 발 냄새, 엉덩이 냄새, 밀랍색 음경의 포피 냄새, 수태 안 된 난자 냄새 같은, 살아 있는 사람들의 냄새보다는 얼마나 향기로운지 모른다. 그리고 미미하기는 하지만, 아버지 유골도 냄새를 보태니, 아 눈물이 나올 것만 같다. 아무리 씻어도, 살아 있는 사람들은 있잖아, 아무리 향수를 뿌려대도, 악취를 계속 풍긴다. 그래, 그러니까 산책을 나갈 거면, 산책 장소로, 묘지들은 나한테 넘기고, 거 당신들은, 당신들은, 저기 들판이나, 어디 공원들이나 가 보란 말이야. 내 샌드위치, 내 바나나, 무덤 위에 앉으면 나는 식욕이 더 왕성해져서 그것들을 더 맛있게 먹고, 또 오줌을 누고 싶으면, 게다가 나는 자주 마려운 편인데, 어디에다 쌀지 내 맘대로 택한다. 그뿐만 아니라 나는 뒷짐 진 채로, 곧은 돌들, 판판한 돌들, 비스듬히 기운 돌들 사이를 돌아다니며, 이 비문 저 비문을 섭렵한다. 그것들은 나를 실망시킨 적이 전혀 없었는데, 아 비문들 말이야, 개중에는, 웃다가 넘어지지 않으려고 십자가나 비석 또는 천사상을 움켜잡아야 할 정도로 배꼽을 빼는 비문들이 늘 서너 개씩 정도는 있게 마련이다. 내 비문, 나는 오래전에 그걸 작성해놓았는데, 그 비문에 늘 만족한다, 그것도 상당히, 내 다른 글들은, 잉크가 채 마르기도 전에 벌써 싫증 나게 하지만, 내 비문만은 늘 마음에 든다. 내 비문은 문법상의 한 논점을 잘 보여준다. 불행하게도 그 비문이 새겨진 비석이, 그것을 구상한 머리맡에 언젠가 세워질 가능성은, 국가가 그 일을 떠맡지 않는 한은 거의 없다. 그런데 죽은 나를 파내려면 먼저 나를 찾아내야 하는데, 국가가 살아 있는 나를 찾아내는 것만큼이나 죽어 있는 나를 찾아내는 데 고전하지 않을까 정말 걱정이 된다. 그래서 나는 너무 늦기 전에 서둘러 내 비문을 이 자리에 기록해두고자 한다.

그토록 그걸 피했던 이가
이제야 겨우 거기서 벗어나 여기에 잠들다

두번째 행이자 마지막 행의 음절이 첫번째 행보다 많지만, 내 생각에, 그건 중요한 문제가 아니다. 내가 이 세상에서 없어지면, 사람들은 그보다 더한 일도 용서할 테니까. 그러니 약간의 운만 따른다면, 살아 있는 사람들의 애도를 받고, 때론 구덩이 속으로 뛰어들려는 과부도 등장하는, 또 거의 언제나 먼지 운운하는, 실은 그곳 토질은 거의 언제나 기름지다 보니 그 구덩이만큼 먼지가 덜한 곳도 없고, 시체도 화장한 게 아니라면 특별히 먼지를 풍기지 않는데도, 그렇게 말하는 재미있는 말이 오가는 가운데서, 그럴듯한 매장을 당할 수도 있다. 어쨌든 먼지 운운하는 이 짤막한 코미디는 재미있다. 그런데 말이지, 아버지의 무덤이 있는 묘지, 내가 그 묘지에 특별히 집착했던 것은 아니다. 시골 한복판에 있는 언덕의 중턱에, 그 터를 잡은 묘지는, 걸어가기에 너무 멀었고, 그 규모도 너무, 정말이지 너무 작았다. 게다가 이를테면 묘지에 무덤들이 꽉 들어차서, 과부 몇 명만 들어서도 발 디딜 틈이 없을 정도였다. 거기보다는 프로이센에 있는, 특히 린 쪽에 위치한, 400헥타르나 되는 땅에 시체가 빽빽하게 들어차 있는 올스도르프를, 거기에 아는 사람이라곤, 평판 있는, 조련사 하겐베크뿐이지만, 그래도 나는 올스도르프를 훨씬 더 좋아했다. 내가 알기론, 그의 기념비에는 사자가 새겨져 있다. 하겐베크에게 죽음은 사자의 얼굴을 하고 있는 게 틀림없었다. 여러 대의 시외버스가, 홀아

비, 과부와 고아를 잔뜩 태우고 오가고 있다. 작은 숲들, 동굴들, 그리고 백조들이 노니는 공원의 연못들이, 유족들에게 위로의 말을 건넨다. 그때는 12월이었으나, 나는 그렇게 추위를 느끼지 못했고, 그러다 뱀장어 수프를 먹은 게 탈이 나서, 죽을까 봐 겁이 나, 토하려고 멈춰 섰는데, 그 와중에도 그들이 부러웠다.

자, 이제는 좀 덜 슬픈 주제로 넘어가서, 아버지의 죽음 때문에 나는 집을 떠나야만 했다. 내가 집에 있기를 바란 사람은 바로 아버지였다. 아버지는 이상한 사람이었다. 어느 날 아버지는 이렇게 말했다, 저 아일 그냥들 놔둬, 저 아인 아무도 방해하지 않으니까. 아버지는 내가 듣고 있는 줄 몰랐다. 이와 같은 생각을 아버지는 자주 피력해야만 했는데, 그때는 내가 자리에 없었다. 그들은 아버지의 유언장을 절대로 보여주고 싶어 하지 않았고, 단지 아버지가 내게 많은 돈을 남겼다고만 말했다. 그래서 나는, 아버지가 유언장을 통해서, 아버지 살아생전에 내가 사용했던 방을 내게 남겨주고, 옛날처럼 먹을 것도 갖다주라고 부탁했을 것이라 믿었고, 오늘날까지도 그렇게 믿고 있다. 그건 아마 아버지가 나머지 모든 유언 사항을 걸고 제시한 조건이었을 것이다. 왜냐하면 아버지는 분명 집에서 풍기는 내 냄새를 좋아했기 때문인데, 그렇지 않다면 나를 쫓아내려는 사람들의 생각에 반대할 이유가 없었을 테니 말이다. 어쩌면 나에 대한 단순한 동정심 때문이었는지도 모른다. 하지만 나는 그렇게 생각하진 않는다. 아버지는 내게 집을 통째로 물려줬어야 했는데, 그랬다면 나나 다른 이들도 평온했을 거다. 자 그냥 그대로 계세요. 여러분의 집이라 생각하고 편안히 지내세요! 이렇게 내가 그들에게 말했을 테니까. 그 집은 엄청나게 컸다. 무덤 저편에서도, 진정 나를 끝까지 돌보고자 그렇게 했던 거라면, 그래, 우리 불쌍한 아버지는 완전히 속은 것이었다. 돈에 관해서 말하자면, 공정하게 말하자, 그들은 아버지를 매장한 바로 그다음 날, 내게 즉시 그 돈을 주었다. 아마도 물질적인 면에서는 달리 행동하기가 사실상 불가능했을 것이다. 나는 그들에게 말했다, 이 돈을 갖고 아빠가 있을 때처럼 여기 내 방에서 계속 살게 해주세요, 그리고 그들의 비위를 맞추고자, 그의 영혼이 신의 품에서 고이 잠들기를, 이렇게 덧붙여 말했다. 하지만 그들은 원치 않았다. 나는 그들에게, 집이 무너지지 않기를 바란다면 집안 구석구석까지 해야만 하는, 자질구레한 보수 작업을, 하루에 몇 시간씩, 내게 마음껏 시키라고 제안했다. 손으로 하는 잔일, 이유는 모르지만, 그건 내가 지금도 할 수 있는 일이다. 나는 특히 온실을 돌보겠다고 그들에게 제안했다. 그곳에서는 토마토, 카네이션, 또 히아신스나 묘목을 돌보면서, 따뜻하게, 하루에 서너 시간 정도는 가뿐하게 보낼 수 있을 테니까. 그 집에서, 토마토를 이해하는 사람은 아버지와 나밖에 없었다. 하지만 그들은 원치 않았다. 어느 날 화장실에 갔다 와보니, 내 방문은 잠겨 있고, 문 앞에는 내 물건들이 쌓여 있었다. 이거야말로, 그 당시에, 내가 얼마나 심한 변비에 걸렸는지 당신들한테 알려주는 장면이다. 내 생각에, 내가 변비에 걸렸던 건 바로 불안증 때문이다. 그런데 정말로 변비에 걸렸던 걸까? 나는 그렇게 생각하지 않는다. 진정하자, 진정해. 어쨌거나 내가 변비에 걸렸던 건 틀림없는데, 만약 그렇지 않다면 화장실, 그러니까 변소에서 보낸 그 오래고도 그 끔찍한 시간을 달리 어떻게 설명하지? 나는 거기뿐 아니라 다른 어떤 곳에서도, 책을 읽은 적이 전혀 없었고, 몽상이나 생각에 잠긴 적도 없었으며, 단지 내 눈높이 정도에 위치한 못에 걸려 있는, 양 떼에게 둘러싸인 수염 기른 한 젊은 남자의 총천연색 달력 그림만을 멍하니 쳐다본 채, 그 남자는 분명 예수일 거야, 두 손으로 엉덩이를 쫙 벌리고는, 노 젓는 동작으로, 하나! 얏! 둘! 얏! 소리를 지르며, 방으로 돌아가 몸을 쭉 펴고 눕고 싶은 초조함에 사로잡혀 있었을 뿐이다. 그러니까 진짜 변비가 있었던 거다. 안 그런가? 아니면 설사와 혼동하는 건가? 모든 게, 묘지들과 결혼들과 각기 다른 종류의 대변들이, 내 머릿속에서 뒤죽박죽 정신없이 엉켜 있다. 내 물건은 얼마 되지 않았는데, 그들이 내 물건을 문에 기대어놓은 채, 바닥에 쌓아놓았다. 내 눈에는 아직도 복도와 내 방을 가르는, 움푹 들어가 빛 한 점 없는 컴

컴한 곳에 놓인 내 물건들의 작은 더미가 선하다. 나는 삼면이 막힌 그 작은 공간에서 옷을 갈아입어야만 했다. 그러니까 실내복과 잠옷을 벗고 여행복으로, 다시 말해서 양말, 구두, 바지, 셔츠, 윗옷, 망토와 모자, 빠진 게 없어야 할 텐데, 이런 것들로 갈아입어야만 했던 것이다. 나는 집을 떠나기 전에, 다른 방문들의 손잡이를 돌리고 밀면서 열어보려고 했으나, 그 어느 것도 열리지 않았다. 만일 내가 열리는 방을 하나라도 찾아냈다면, 내 생각에 나는 그 안에 틀어박혀 꼼짝도 안 하다가, 오로지 체내에서 분출되는 가스 때문에 어쩔 수 없이 나왔을 것이다. 나는 평소처럼 사람들이 집 안에 가득함을 느꼈으나, 아무도 볼 수 없었다. 내 생각에 그들은 각자 제 방에 처박혀 귀를 쫑긋 곤두세우고 있었다. 그러다가 내 뒤 길가로 나 있는 문이 다시 쾅 하고 닫히는 소리를 듣고서, 나는 그 문을 열어놓았어야만 했다, 모두들 후다닥 창가로 가서, 바짝 붙지는 않고 약간 뒤로 물러나, 커튼으로 몸을 잘 가리고 있었다. 그러고는 안 열리던 바로 그 문들이 열리고, 남자며, 여자며, 아이며, 그러니까 자기 방에 있던 모든 남자들, 여자들, 아이들이 쏟아져 나오면서, 목소리들, 한숨들, 미소들, 손들, 손에 쥔 열쇠들, 크게 안도하는 숨소리, 그리고 이렇게 하면 저렇게, 또 저렇게 하면 이렇게, 이런 식의 지시들의 환기, 완전한 축제 분위기, 각자는 알아챘던 거다, 식사하세요, 식사, 그 방을 쓸 수 있어. 이 모든 것은, 나는 이제 거기에 있지 않기 때문에, 물론 상상이다. 상황은 어쩌면 이와 달랐을 수도 있지만, 상황이 벌어진 이상, 그 양상을 아는 게 뭐가 중요한가? 그리고 내게 입을 맞췄던 그 모든 입술, 나를 좋아했던 그 마음들(사람은 바로 마음으로 좋아하잖아, 안 그런가, 아니면 내가 다른 것과 혼동하고 있나?), 내 손과 장난쳤던 손들과 내 마음을 사로잡을 뻔했던 그 정신들! 그 사람들은 정말 이상하다. 불쌍한 아빠, 아빠가 나를 볼 수 있었다면, 우리를 볼 수 있었다면, 틀림없이 아주 난감했을 거다, 내 말은 나로 인해 분명 난감했을 거라고. 육체를 탈피할 정도로 뛰어난 현명함을 갖춘 그가, 아직 완전한 송장이라고 할 수 없는 그의 아들보다, 더 멀리 보지 않았다면 말이다.

자 이제는 좀더 즐거운 주제로 넘어가서, 그로부터 얼마 후, 나와 결혼한 여자의 이름은, 그 귀여운 이름은, 륄뤼였다. 그녀는 적어도 그 이름만은 확실하다고 단언했는데, 사실 그런 거로 내게 거짓말을 해본댔자 득이 될 게 없어 보인다. 물론, 결코 알 수 없는 일이지만. 프랑스인이 아니었던 그녀는 룰루라고 발음했다. 나 역시, 프랑스인이 아니라서, 그녀처럼 룰루라고 발음했다. 우리 둘 다, 모두 룰루라고 발음했다. 그녀는 내게 자신의 성도 가르쳐주었지만, 나는 까먹고 말았다. 종이 쪼가리에라도, 적어놓았어야 했는데, 나는 고유명사들이 생각나지 않는 걸 좋아하지 않는다.

한 운하, 그러니까 운하들을 이루는 한 운하, 왜냐하면 우리 마을에는 두 개의 운하가 있으니까, 하지만 난 절대로 그 둘의 차이를 알지 못했는데, 어쨌든 그 한 운하의 기슭에 있는 벤치에서 나는 그녀를 알게 되었다. 그 벤치는 대단히 좋은 위치에 있었는데, 흙더미와 단단하게 굳은 쓰레기 더미를 등지고 있어서, 내 뒷모습을 가려주었다. 내 양쪽 측면 또한, 그 벤치 양쪽에 나란히 심어놓은, 오래되다 못해, 심지어 죽어버린 나무 두 그루 덕택에, 부분적으로만 보였다. 한때 그 나무들에게도 바람에 나부끼는 무성한 나뭇잎들이 있었을 테고, 바로 그런 모습의 나무들을 보고 누군가가 벤치 놓을 생각을 했던 게 틀림없다. 몇 미터 앞쪽에는, 운하를 따라 물이 흐르고 있었는데, 운하들에 물이 흐를까, 전혀 모르겠는데, 여하간 그런 상황이라 그쪽에서도 뭔가 뜻밖의 일이 일어나 나를 놀라 자빠지게 할 일은 없었다. 그럼에도 불구하고 그녀가 나를 놀라게 했다. 나는 몸을 쭉 펴고 누워서, 날씨는 온화했다, 내 머리 위에서, 서로를 지탱하기 위해 얽혀 있는 나무 두 그루의 이파리 하나 없는 앙상한 나뭇가지들 사이로, 드문드문 지나가는 구름 사이로, 별이 총총한 하늘 모퉁이가 여기저기로 옮겨 다니는 것을 보고 있었다. 앉을자리 좀 내주세요, 그녀가 말했다. 내 최상의 반응은 그냥 가버리는 것이었지만, 피곤하기도 하고, 어디로 가야 할지도 몰라서 그렇게 할 수가 없었다. 그래서 다리를 약간 오므리자 그녀가 앉았다. 그날 저녁, 우리 둘 사이에는 아무 일도 없었는데, 그도 그럴 것이, 그녀는 나한테 말도 건네지 않고, 금방 가버렸다. 그녀는 그저, 자신에게 도취된 양, 다행히 가사 없이, 이 노래에서 저 노래로 건너뛰며, 방금 부른 노래보다 더 맘에 드는 노래라 부르기 시작한 노래를 다 끝내지도 않고서 막 중단했던 노래로 다시 돌아가는, 단편적인 기묘한 방식으로, 오래된 고향의 노래 몇 곡을 불렀을 뿐이다. 그녀의 목소리는 가성이었지만 듣기 좋았다. 나는 빨리 싫증을 느껴서 그 어떤 것도 끝마친 적 없는, 어쩌면 세상에서 가장 지겹지 않은 영혼이라 할 수 있는 그 영혼을 느꼈다. 그녀는 벤치조차도, 상당히 빨리 싫증을 냈고, 나에 대해서는, 한번 언뜻 보는 것만으로도 충분한 모양이었다. 사실 그녀는 지독히도 귀찮게 달라붙는 여자였다. 그녀는 다음 날 그다음 날에도 계속해서 왔고 상황은 언제나 거의 엇비슷했다. 아마도 몇 마디 말이 오갔을 것이다. 그다음 날은 비가 와서 아무 일 없이 평온하게 지낼 줄 알았는데, 그건 내 착각이었다. 나는 계획적으로 저녁마다 나를 방해하러 오는 건 아닌지 그녀에게 물었다. 제가 방해가 되나요? 그녀가 되물었다. 그녀는 분명 나를 쳐다보고 있었을 것이다. 그래도 뭔가 대단한 걸 보지는 못했으리라. 어둠 때문에, 기껏해야 두 눈의 눈꺼풀, 어슴푸레 약간 드러난 코와 이마 정도 봤으려나. 우리는 잘 지내고 있다고 생각했어요,

그녀가 말했다. 당신이 방해가 돼요, 내가 말했다, 당신이 거기 있으면 몸을 쭉 펴고 누울 수가 없어요. 망토 깃에다 입을 대고 말했음에도 불구하고 그녀는 내 말을 알아들었다. 그렇게도 몸을 쭉 펴고 눕고 싶으세요? 그녀가 물었다. 우리가 저지르게 되는 잘못은, 사람들한테 말을 거는 것이다. 당신 두 발을 내 무릎 위에 올려놓기만 하면 되는데요, 그녀가 말했다. 나는 사양하지 않았다. 나의 빈약한 장딴지 밑으로 그녀의 포동포동한 넓적다리를 느꼈다. 그녀가 내 발목을 쓰다듬기 시작했다. 발뒤꿈치로 그녀의 음부를 내려 치면 좋으련만, 나는 속으로 생각했다. 사람들은 눕는다라 고 말하면 즉각 누워 있는 육체를 떠올린다. 나, 신하도 없는 왕처럼 무기력한 나,* 그런 나의 흥미를 끌었던 점은, 그러니까 내 몸뚱어리로 하는 짓은 그저 다 하찮아 보이고 흥미를 잃게 만들었던 그 점은, 뇌의 바로 누운 자세**였고, 자

* 본문에 나와 있는 '신하도 없는 왕roi sans sujets'은 18세기 작가이자 모럴리스트이며 격언을 만들던 보브나르그의 후작, 뤽 드 클라피에르Luc de Clapiers, marquis de Vauvenargues(1715~1747)의 격언을 상기시킨다. 즉 "열정이 없는 사람은 허울뿐인 왕이다Un homme sans passion est roi sans sujets."
** 본문에 나온 단어, 'supination'은 의학 용어를 참조했다. 지제근 교수에 따르면, 의학에서 똑바로 하늘을 보고 눕는 자세를 영어로는 'dorsal decubitus' 혹은 'supine position'이라 지칭하는데, 이를 우리말로 바꾸면 '바로 누운 자세' 혹은 '등 누운 자세'가 된다고 한다. 옮긴이는 이 설명을

아에 대한 생각을, 또 비非자아라고 하는, 심지어는, 게을러서, 세상이라고도 하는 얼마 안 남은 그 지긋지긋한 나머지에 대한 생각을 마비시키는 일이었다. 그렇기는 하지만 스물다섯 살 정도 된 사람은, 내 말은 그 나이대의 현대 남성은, 때때로, 육체적으로도, 여전히 발기를 하는데, 그것은 각자가 짊어져야 할 몫으로, 나 자신도 그 몫을, 그것을 발기라고 부를 수 있다면, 피할 수 없었다. 그녀가 그것을 알아챘던 건 당연한 일인데, 여자들이란 10킬로미터 이상 떨어져 있어도 코를 씰룩거리며 공기 중에 실려 온 남근 냄새를 맡고, 저치가 어떻게 나를 볼 수 있었지?라고 자문하는 법이기 때문이다. 그런 상황에서는, 자신은 더 이상 자기 자신이 아니다. 자신이 더 이상 자기 자신이 아니라는 것은 괴로운 일이고, 무슨 말을 하든 간에, 그건 자기 자신인 것보다 훨씬 더 괴로운 일이다. 왜냐하면 자신이 자기 자신이면, 자신이 자기 자신인지 약간 오락가락해도, 자기가 뭘 해야만 하는지 아는 반면에, 자신이 더 이상 자기 자신이 아니면, 자기는 어느 누구라도 될 수 있고, 또 그럴수록 자신의 정체가 흐릿해지기 때문이다. 우리가 사랑이라고 부르는 것은,

---

근거로 'supination cérébrale'이라는 프랑스 표현을 '뇌의 바로 누운 자세'로 번역했는데, 이 표현은 정신적 나태함 혹은 정신적 무기력을 잘 보여준다. 『의협신문』(http://www.doctorsnews.co.kr) 참조.

고향에서 때때로 보내오는 그림엽서나 받아보는, 그런 추방이다. 이게 오늘 저녁의 내 느낌이다. 그녀가 쓰다듬기를 멈췄을 때, 또 나한테 속하고 길들여진 내 자아가 무의식에 잠깐 잠겼다가 다시 정신을 차렸을 때, 나는 혼자였다. 나는 이 모든 게 꾸며낸 이야기는 아닌지, 실제 상황은 완전히 달랐던 게 아닌지, 잊어야만 했던 한 도식에 따라서, 자문해본다. 아 그녀의 이미지는 벤치의 이미지, 여기서 내가 말하는 벤치는, 밤의 벤치가 아니라 저녁의 벤치로, 그녀가 그 벤치의 이미지와 여전히 연결되어 있어서, 저녁마다 찾아갔던 그 벤치를 말하는 일은, 나한테는, 그녀를 말하는 일이나 진배없다. 이게 뭔가를 증명하는 건 전혀 아니고, 게다가 나는 뭔가를 증명하고 싶은 마음도 전혀 없다. 낮의 벤치에 관해서는, 말할 필요가 없는 게, 그 시간에 나는 거기에 없었기 때문인데, 그러니까 나는 아침 일찍 벤치에서 일어나, 오후가 끝나갈 무렵이 되어서야 벤치로 돌아갔던 것이다. 그렇다, 낮에는 먹을 것을 구하고, 은신처가 될 만한 곳들을 알아두었다. 만일 당신들이, 아버지가 물려준 돈으로 뭘 했는지 묻는다면, 당신들은 분명 그게 알고 싶을 테니까, 나는 아무것도 하지 않고, 그냥 주머니에 넣어뒀다고 말할 것이다. 왜냐하면 내가 늘 젊은 상태로 있을 수 없음을, 여름은 영원히 지속되지 않고, 가을도 마찬가지라는 사실을, 내 부르주아적인 혼이 말해주어서, 나는 알고 있었기 때문이다.

마침내 나는 그녀에게 진저리가 난다고 말했다. 그녀는 내 곁에 없을 때도, 나를 몹시 방해했다. 하기야 그녀는, 있을 때나 없을 때나 늘 같은 이유로, 언제나 나를 방해한다. 그러나 지금은, 방해를 받아도 더 이상 아무런 상관이 없는데, 아니면 아주 약간만 있는데, 무슨 말인가 하면, 방해받기, 난 그게 필요하다고도 말할 수 있으니까, 난 체계를 바꿨고, 잃어버린 판돈의 갑절을 건 상태다. 이번이 아홉번째 아니면 열번째로서, 이것도 곧 끝날 테고, 여러 번 흐트러뜨리고, 여러 번 배열하다가, 머지않아 더는 말하지 않게 될 테니까, 그녀에 대해서도 다른 이들에 대해서도, 똥에 대해서도 하늘에 대해서도. 그럼 내가 이제 안 왔으면 좋겠어요? 그녀가 물었다. 사람들이, 마치 자신의 귀를 믿으면 화형이라도 당할 듯이, 방금 들은 말을 되풀이하는 걸 보면 참으로 놀랍다. 나는 그녀에게 가끔씩 오라고 대답했다. 그 당시에, 나는 여자들을 잘 몰랐다. 게다가 지금도 여전히 잘 모른다. 남자들도 그렇고, 동물들도 마찬가지다. 그나마 안다고 할 수 있는 게, 내 고통들뿐이다. 나는 매일같이, 내 모든 고통을 생각하지만, 그 생각은 신속하게 이루어지고, 순식간에 사라지는데, 그렇다고 그 고통들이 전부 생각에서 비롯된 것은 아니다. 그래, 내가 라인홀드* 스타일의 혼합주의**자라고 느껴지는 시간들이 있는데, 특히 오후가 그렇다. 이 얼마나 균형 잡힌 느낌인가. 그런데 어찌 보면 나는 이것들도,

그러니까 내 고통들도 잘 모른다. 그건 필시 내가 고통 그 자체만은 아니라는 데서 기인한 일일 것이다. 야아 이렇게 교활할 수가 있나. 그래서 난 거기에서 떠나, 다른 행성의, 놀라움이 있는 곳까지, 찬미가 있는 곳까지 간다. 드문 일이지만, 그거면 충분하다. 바보가 아냐, 인생은. 고통 그 자체가 되는 일 말고 다른 수가 없다면, 만사가 너무 단순해지는 게 아닌가! 온전한 고통이 되라니! 아니 그러면 경쟁적이 되고, 비열한 짓거리가 될 텐데. 어쨌든, 언젠가, 생각나면, 또할 수만 있다면, 나의 이상한 고통들을, 상세하게, 그리고 보다 확실한 이해를 위해서, 그 각각을 선명하게 구별해서, 당신들한테 조목조목 이야기할 계획이다. 그러니까 당신들한테, 분별의 고통들을, 마음이나 감정의 고통들을, 영혼의 고통들(아주 대단한, 영혼의 고통들)을, 또 육체의 고통들을, 이 경우에는 먼저 내부에서 느껴지거나 감추어진 고통들을, 그다음에는 몸으로 드러나는 고통들을, 즉 머리카락부터 시작해 체계적으로 서두르지 않고 천천히 발까지 내려가면서,

* 라인홀드 니부어Reinhold Niebuhr(1892~1971). 미국의 개신교 신학자이자 문명비평가. 그는 에큐메니컬 운동(기독교 내 수많은 교파의 연합을 통한 전 세계적인 단일 교회의 창설을 주창하는 운동)에 영향을 끼친 최초의 그리스도교 신학자다.
** 혼합주의syncrétisme. 이질적인 철학 사상이나 종교적 교의·의례 등을 절충 내지 통합하려고 하는 운동이다.

여기저기 못 박힌 엉덩이, 각종 경련, 발에 박힌 티눈들, 살 속으로 파고드는 발톱들, 가벼운 동상들, 참호족*과 그 밖의 기묘한 원인들에 따른 고통들을 말할 것이다. 그리고 내 얘기에 귀 기울일 정도로 상냥한 사람들에게는, 내친김에, 내가 작가라는 요소를 지워버린 한 체계**에 따라, 약에 중독되지 않고선, 술에 취하지 않고선, 또 황홀경에 빠지지 않고선, 아무것도 느끼지 못하는 순간들을 말해줄 생각이다. 아 그래서 물론 그녀는 내가 말한 가끔씩이란 게 어느 정도를 의미하는지 알고 싶어 했는데, 자 이게 입을 열었을 때 직면하게 되는 상황이다. 여드레마다 올까요? 열흘마다 올까요? 보름마다 올까요? 나는 그녀에게 더 가끔씩, 훨씬 더 가끔씩 오라고, 될 수 있으면 아예 오지 말라고, 그게 안 되면 될 수 있는 한 아주아주 가끔씩 오라고 했다. 그러고서 그다음 날 나는 벤치를 포기했는데, 여기서 말해둘 점은 그녀보다는 벤치 자체의 문제로 그랬다는 거다, 당시의 벤치가 더 이상 내 욕구들을, 뭐 대수로운 욕구들은 아니지만, 더 이상 채워주지 못했으니까, 실제로 초겨울의 냉기가 느껴지기 시작했

---

* 동상과 유사한 통증성 질환이다.
** 화자는 작가라는 요소를 제거한 어떤 체계에 따라 이야기를 하겠다고 밝히고 있다. 20세기 프랑스 문학의 경향 중 하나가, 롤랑 바르트가 작가의 죽음을 선언한 것처럼 작품에서 전권을 휘둘렀던 작가를 지우는 것이다(Roland Barthes, "La mort de l'auteur," *Manteia*, 1968, p. 65 참조).

고, 게다가 당신들처럼 멍청한 종자들에게, 말해도 알아듣지 못할 다른 이유들도 있고 해서, 그래서 나는 그간 두루 돌아다니면서 알아놓은, 암소를 쳤던 버려진 외양간으로 피신했던 것이다. 그 외양간은 어느 넓은 터 한 모퉁이에 있었는데, 그 터에는 목초보다는 쐐기풀이, 쐐기풀보다는 진흙이 훨씬 더 많았지만, 그 땅속에는 상당한 재산이 묻혀 있는 것처럼 보였다. 손가락을 쑥 집어넣으면, 피유 하는 한숨 소리와 함께 파시식 부서지는, 속 빈 마른 쇠똥으로 가득한 바로 그 외양간에서, 나는 수중에 모르핀만 충분했다면, 태어나서 처음으로, 내 생의 마지막을 기꺼운 마음으로 고했을 테지만, 결국 그렇게 하진 못하고, 꽁꽁 얼어붙은 내 정신 속에서, 사랑이라는 끔찍한 이름을, 조금씩 부당하게 도용하는 어떤 감정과 싸워야만 했다. 우리 고장의 매력은, 변변한 피임 기구조차 구할 수 없음에도 불구하고 주민이 거의 없다는 사실은 그냥 별도로 하고, 역사의 오래된 똥 덩어리들 말고는 모든 것이 되는대로 아무렇게나 방치되어 있다는 데 있다. 그 똥 덩어리들, 사람들은 그것들을 악착같이 주워 모아, 짚으로 싸서 줄줄이 끌고 다닌다. 세월에 의해 입맛이 까다로워진 예쁜 산비둘기*가 있는 곳이라면 어디서든지,

* 프랑스어 단어 'colombin'은 '산비둘기'를 의미하기도 하지만, 구어로 '똥'을 나타내기도 한다.

당신들은, 웅크리고, 코를 킁킁거리다 보니, 얼굴이 벌겋게 달아오른 우리 고장 사람들을 만날 것이다. 우리 고장은 집 잃은 사람들의 천국이다. 자 이렇게 결국 내 행복의 이유가 밝혀지는구나. 모든 상황이 엎드리도록 이끈다. 나는 이러한 관찰들 사이에서 어떠한 연관성도 보지 못한다. 그러나 거기에는 반드시 하나 이상의 연관성이 있는 게 분명하다. 하지만 도대체 그게 뭐란 말인가? 그래, 나는 그녀를 사랑했다, 이게 바로, 그 당시, 내가 한 짓에, 줄곧 후회하긴 하지만, 내가 붙인 이름이다. 나는 이전에 사랑해본 적이 전혀 없었으므로, 그에 관해 실질적으로 아는 바가 없었지만, 집에서, 학교에서, 갈보 집에서, 교회에서, 자연스럽게, 그에 관해 말하는 것을 들은 적이 있고, 그것만을 집중적으로 다룬, 산문과 운문으로 된, 영어, 프랑스어, 이탈리아어, 독일어로 쓰인 소설들을, 가정교사의 지도를 받으며, 읽은 적이 있었다. 그렇지만 결과적으로 내가 한 짓에 하나의 이름을 붙일 수 있었던 것은, 오래된 암송아지 똥에다 뤼뤼라는 단어를 쓰고 있는 자신을 불현듯 알아차렸을 때, 그게 아니면 진흙탕에 누워 달빛을 받으며 쐐기풀들을 줄기가 상하지 않게 뿌리째 통째로 뽑으려고 했을 때다. 쐐기풀 가운데에서 큰 것들은, 키가 1미터 이상이나 되었는데, 나는 그런 것들을 뽑으면서, 위안을 얻었으나, 실상 잡초를 뽑는 짓은 내 성격에 안 맞고, 오히려 그 반대로, 갖고만 있다면 잡초에다 퇴비를 잔뜩 뿌려주는 일이 나한테 어울린다. 그게 꽃일 경우는, 또 다른 문제다. 사랑이 당신들을 망친다는 것, 그건 분명한 사실이다. 하지만 정확하게, 무슨 사랑을 말하는 걸까? 열정적인 사랑? 나는 그렇게 생각하지 않는다. 사실 육감적인 사랑 하면 열정적인 사랑이지. 안 그래? 아니면 내가 다른 종류의 사랑과 혼동하고 있나? 사랑에는 정말 여러 종류가 있잖아, 그치? 상대적으로 아주 아름다운 사랑들도 있고 말이야, 안 그래? 예컨대 플라토닉 러브, 이게 방금 생각난 또 다른 종류의 사랑이다. 이 사랑은 사심 없는 사랑이다. 어쩌면 그녀에 대한 나의 사랑이야말로 플라토닉 러브가 아니었을까? 그렇게 보긴 어렵다. 순수하고 사심 없이 그녀를 사랑했다면 암소가 싸지른 오래된 똥 덩어리들에다가 그녀의 이름을 썼겠는가? 더군다나 다 쓴 다음에 입에 넣고 쪽쪽 빨았던, 내 손가락으로? 자, 좀 진정하고. 나는 습관적으로 뢸뤼를 생각했다. 이 사실이 모든 걸 말해주진 않지만, 내 생각엔, 그래도 상당히 많은 것을 알려준다. 여하튼 뢸뤼라는 이름에 싫증이 나니까 지금부터는 다른 이름으로, 이번에는 한 음절로 된 이름, 예컨대 안느라고, 실제로는 한 음절이 아니지만 그렇다고 문제 될 건 없으니까, 그렇게 그녀를 부를 작정이다. 그러니까 나는 습관적으로 안느를 생각했다, 아무 생각 없이 사는 법을 터득했던 내가, 아니지 그게 아니라 아주 잠깐, 내 고통들을 생각했다가, 굶어 죽거나, 얼어 죽거나, 쪽팔려 죽지 않으려면 강구해야 할 대책들을 생각했던 내가, 그런데 그 어떤 경우에도 본연의 모습을 그대로 간직하는 생물들에 대해서는(이게 무슨 말인지 나도 의문이다), 비록 그 주제에 대해, 내가 무슨 말을 했을 수도 있고, 또 뭔가 말하는 일이 벌어질 수도 있겠지만, 그것들에 대해서는 생각한 적이 전혀 없었다. 왜냐하면 나는 실존한 적이 없는 것들을, 또는 이렇게 말해도 될지 모르겠지만 실존해왔던 것들을, 그리고 아마도 영원히 실존할 것들을, 늘 언급했고, 앞으로도 계속 언급할 테지만, 그것들에 내가 부여한 실존에 대해서는 언급한 적이 전혀 없고, 또 앞으로도 언급하지 않을 예정이기 때문이다. 군인 모자, 예를 들면, 그 모자는 실제로 존재하고, 이 세상에서 언젠가 없어질 가능성이 거의 없는데도, 나는, 나는 단 한 번도 그런 모자를 써본 적이 없었다, 그럼 없었지, 아니 거짓말이야. 나는 어딘가에 이렇게 쓴 적이 있었다, 그들이 내게 주었다…… 어떤 모자를. 그런데 '그들이' 나한테 모자를 준 게 아니었다, 나는 아버지가 준 내 것이 된 모자를 항상 쓰고 다녔고, 그 모자 말고 다른 모자를 가져본 적은 전혀 없었으니까. 그 모자는 심지어 내 무덤까지도 나를 쫓아왔다. 아 그래서 나는 습관적으로 안느를 생각했다, 많이, 정말 많이, 하루에 20분, 25분, 심지어는 30분까지. 나는 더 작은 수치들을 더해서 이 수치들에 도달했다. 그것은 분명 내가 사랑하는 방식이었다. 정신적인 사랑이 아니라면, 그녀에 대한 나의 사랑을, 내가 어리석은 짓을 저지르지 못하도록 미연에 방지하고 있는 지적인 사랑으로 봐야 할까? 그렇게 볼 순 없다. 왜냐하면 그런 방식으로 그녀를 사랑했다면, 아주 오래된 쇠똥 덩어리들에다가 안느라는 글자를 쓰면서 즐거워했을까? 두 손 가득히 쐐기풀을 뽑으면서? 그리고 내 머리 밑에서 귀신 들린 두 개의 긴 베개처럼 팔딱거리는 그녀의 두 넓적다리를 느꼈을까? 이 상황을, 끝내고자, 애써 끝내보고자, 어느 저녁, 예전에 그녀가 나를 보러 왔던 시간에, 벤치가 있는 그곳으로 갔다. 그녀는 거기에 없었고, 그녀를 기다려보았으나 허사였다. 그때가 벌써 12월, 아니면 1월이었기 때문에, 제철의 추위가, 다시 말해서 제철의 모든 날씨가 그렇듯이, 아주 양호하고, 매우 적절하며, 나무랄 데 없는 추위가 한창이었다. 여하튼 외양간으로 돌아가자마자 나는 지체 없이 표준 시간은 한 해를 이루는 날들만큼이나 다양한 방식으로 공기와 하늘, 또 마음에도 새겨진다는 사실에 기초하는, 멋진 하룻밤을 보장하는 논리를 하나 정립했다. 다음 날에는 그래서 전날보다 일찍, 훨씬 더 일찍, 엄밀히 말하면 밤이 되기 바로 직전에, 벤치로 갔으나, 그럼에도 너무 늦었던 게, 결빙으로 바드득 소리를 내는 나뭇가지 아래, 얼어붙은 강물 앞, 그 벤치에, 그녀가 이미 와 앉아 있었기 때문이다. 나는 당신들한테 그 여자가 지독히도 귀찮게 달라붙는 여자라고 말한 적이 있다. 흙더미는 서리로 뒤덮여 하얘졌다. 난 아무 느낌도 없었다. 그녀는 무슨 득을 보겠다고 그렇게 날 쫓아다녔던 걸까? 나는 추위를 견디려고, 앉지도 않고, 왔다 갔다 발을 동동 구르면서, 그녀에게 그것을 물어보았다. 추위가 길을 울퉁불퉁하게 만들어놓았다. 그녀는 모르겠다고 대답했다. 그녀는 내게서 무얼 봤던 것일까? 나는 간곡하게, 할 수만 있다면 말해달라고 부탁했다. 그녀는 할 수 없다고 대답했다. 그녀는 옷을 따뜻하게 입은 것 같았다. 그녀는 토시 속에 두 손을 푹 파묻고 있었다. 나는 그 토시를 바라보며 울기 시작했던 것이 기억난다. 하지만 그 색깔은 잊어버렸다. 그게 뜻대로 잘 안 됐다. 나는 항상, 아무 소득 없이, 쉽게 눈물을 흘렸는데, 최근에도 마찬가지다. 그러다가 정작 눈물을 흘려야 할 때는 눈물 한 방울 나오지 않게 되리라고, 진심으로 믿고 있다. 그게 뜻대로 잘 안 된다. 나를 울리는 사물들이 있었다. 그렇기는 하지만 내가 슬퍼했던 것은 아니다. 나도 모르게 뚜렷한 이유 없이 울고 있는 경우는, 부지불식간에, 내가 뭔가를 봤기 때문이다. 그래서 나는, 그날 저녁에, 나를 울게 만들었던 게 정말 토시였는지, 그보다는 오히려, 단단하고 울퉁불퉁해서 포석들을 생각나게 했을 오솔길은 아니었는지, 아니면 또 다른 사물, 부지불식간에, 내가 봤을지도 모르는 어떤 사물은 아니었는지 자문해본다. 그러고 보니 나는 그때 처음으로 그녀를 봤다. 그녀는 고개

를 푹 숙이고, 토시를 낀 양손을 품에 품고서, 양다리를 꽉
붙이고, 뒤꿈치를 땅에서 뗀 채로, 몸을 감싸 안듯 바짝 오
그리고 있었다. 그 모습으로는, 형체도 나이도 알아볼 수 없
었고, 거의 살아 있는 것 같지도 않았는데, 여하튼 그런 모
습이 노파 같기도 하고 또 소녀 같기도 했다. 그리고 몰라
요, 할 수 없어요, 이런 식의 대답. 알지도 못하고 할 수도
없었던 이는 오로지 나뿐인데. 나 때문에 온 건가요? 내가
물었다. 그래요, 그녀가 대답했다. 자, 내가 왔어요, 내가 말
했다. 그러면 난, 내가 간 건 그녀 때문이 아니었나? 내가 왔
어요, 내가 왔어, 나는 중얼거렸다. 나는 그녀 곁에 앉았으
나 앉자마자 뜨겁게 달궈진 쇳덩어리에라도 닿은 듯, 다시
벌떡 일어났다. 그것으로 끝인지 알아보기 위해서 가버리고
싶었다. 하지만 좀더 확실하게 해두기 위해서 가기 전에, 노
래 한 곡을 그녀한테 청했다. 처음에 나는 그녀가 사양하려
는 줄 알았는데, 그러니까 간단히 말해서 노래를 안 하려는
줄 알았는데, 천만에, 잠시 후에 그녀는 노래를 시작했고,
꽤 오랫동안, 내 생각에 줄곧 같은 노래를, 자세 하나 바꾸
지 않고, 계속 불러댔다. 그녀가 부른 노래는, 한 번도 들어
본 적 없는, 앞으로도 두 번 다시 들어보지 못할, 내가 모르
는 노래였다. 레몬밭인지, 아니면 오렌지밭인지, 둘 중 무슨
밭이었는지는 모르겠지만, 그런 밭에 관한 노래였다는 점만
을 기억하는데, 나한테는, 레몬밭에 대한, 아니면 오렌지밭

에 대한 노래였다는 점을 여태까지 기억하고 있다는 사실만
으로도 상당한 수확인 게, 살면서 들어왔던 여러 노래들에
서, 그래 나도 노래를 듣긴 들었다, 아니 귀머거리가 아닌
이상 노랫소리를 듣지 않고 사는 일이 실제적으로 불가능하
잖아, 아 게다가 나도 살고는 있었으니까, 여하간 그런 노래
들에서, 아무것도, 가사 한 마디, 음 하나도 기억나지 않았
으니까, 아니면 아주 약간의 가사, 약간의 음만, 그 정도만,
그런 거, 별거 아닌 것만, 어쩌다 보니 이 문장이 꽤 길어지
고 말았다. 노래를 듣다가 나는 떠났고, 계속 가면서 그녀가
다른 노래를, 아니 어쩌면 같은 노래를 연이어서, 힘없이,
부르는 것을 들었는데, 그 목소리는 내가 멀어짐에 따라 점
점 더 약해져갔고, 급기야, 그녀가 노래를 끝냈거나, 아니
면 그 소리를 들을 수 없을 정도로 내가 너무 멀리 갔거나
하는 이유로, 뚝 끊겨 들리지 않게 되었다. 그 당시에, 나는
그런 종류의 불확실함을 그대로 방치하는 걸 좋아하지 않았
고, 비록 불확실함 속에서 살면서, 어느 정도의 불확실함은
통상 경험하고 있었지만, 이른바 물리법칙에서 생기는, 그
런 사소한 종류의 불확실함은, 몇 주간, 등에*처럼 찰싹 달
라붙어 나를 미치게 만들 수 있으므로, 사소한 만큼 즉시 없
애버리는 걸 좋아했다. 그래서 나는 뒤로 몇 발자국 물러나

* 파리목 등엣과의 곤충으로 동물의 피를 빨아먹는다.

멈춰 섰다. 처음에는 아무 소리도 듣지 못하다가, 목소리를, 너무나도 희미하게 들려오는 그 목소리를, 가까스로 들었다. 나는 목소리를 듣지 못하다가 듣게 된 것이라서, 필시 어느 순간에, 듣기 시작한 것이 분명했으나, 실상은 그렇지 않은 게, 침묵에서 슬그머니 흘러나온 목소리고 침묵과 흡사한 목소리였기에, 그만큼 거기에는 어떤 시작이란 게 있을 수 없었다. 목소리가 마침내 들리지 않게 되자 목소리가 줄어든 게 아니라 멈춰진 게 아닌지 확인하기 위해서, 나는 그녀 쪽으로 다시 몇 발자국 갔다. 그러다가, 그녀 곁에서 그녀 쪽으로 몸을 기울여 들어보지 않는 이상 어떻게 알 수 있겠어, 이런 생각에 낙심하여, 의문만을 가득 안고서, 정말로, 몸을 돌려 가버렸다. 하지만 몇 주 후에, 풀이 다 죽은 채로, 나는 다시 그 벤치로 돌아갔는데, 그게 벤치를 단념한 이래로 네댓번째 회귀였고, 그때마다 거의 같은 시간에, 내 말은 거의 같은 하늘 아래로, 아냐, 그게 또 그렇지가 않아, 왜냐하면 그게 언제나 같은 하늘이긴 하지만 결코 같은 하늘은 아니라서, 이걸 어떻게 표현하지, 좋아, 표현하지 말자. 그녀는 거기에 없었다. 그런데 어느 순간에 갑자기 그녀가 거기에 있었는데, 나는 어찌 된 영문인지 모르는 게, 내가 쭉 지켜보고 있었음에도 불구하고, 나는 그녀가 오는 것을 보지도, 또 듣지도 못했다. 비가 내리고 있었다고 말하자, 그게 약간, 우리를 변화시킬 테니까. 그녀는 비를 피해 우산을 쓰고 있었고, 그렇다면 당연히, 그녀는 기가 막힌 옷을 입고 있었을 것이다. 나는 그녀에게 저녁마다 오는지 물었다. 아니요, 그녀가 대답했다, 그저 가끔씩만 와요. 벤치에 너무 물기가 많아서 도저히 앉을 수가 없었다. 우리는 이리저리 거닐었고, 나는 그녀의 팔을 잡으면 기분이 좋아질까, 궁금해서, 그녀의 팔을 잡아보았지만, 전혀 그렇지가 않아서, 그냥 놔버렸다. 그런데 뭣 때문에 이런 자질구레한 이야기들을 하는 걸까? 운명의 날을 늦추기 위해서. 나는 그녀의 얼굴을 조금 더 분명하게 봤다. 나한테 그 얼굴은, 내 말은 그녀의 얼굴은, 평범한 얼굴로서, 무수히 존재하는 다른 얼굴과 다를 바 없는 얼굴이었다. 그녀는 사시였으나, 나는 그 사실을 훨씬 더 나중에야 알았다. 그 얼굴은 젊어 보이지도 그렇다고 또 늙어 보이지도 않았다, 그녀의 얼굴은, 그 얼굴은 생기 넘치는 탱탱한 얼굴과 노화되어 푸석거리는 얼굴의 중간 지점에서 멈춰버린 것 같았다. 그 당시의 나는, 이런 종류의 모호함을, 잘 견디지 못했다. 그 얼굴이 예뻤는지, 내 말은 그녀의 얼굴이, 아니면 예뻤었는지, 아니면 예뻐질 수 있는 가능성이 있었는지, 그런 것을 아는 게, 고백컨대, 나로서는 정말 불가능한 일이었다. 만일 내가 아름다움에 대한 약간의 정보라도 갖고 있었다면, 아마도 예쁘다고 했을지 모르는 얼굴들을, 여러 장의 사진을 통해서 본 적이 있었다. 그리고 죽어가는 아버지의 얼굴에서, 인간의 미적 가능성을 잠깐 엿볼 수 있었다. 그런데 늘 찌푸리고, 피가 몰려 시뻘겋게 된, 살아 있는 사람들의 얼굴들은, 그것들도 대상이 되려나? 어둠에도 불구하고, 나의 혼란에도 불구하고, 잔잔하던 물이, 아니면 천천히 흐르던 물이, 갈망하듯, 떨어지는 물방울 쪽으로 솟아오르는 모양새에, 나는 감탄했다. 그녀는 어떤 노래를 하길 바라느냐고 내게 물었다. 나는 아니라고, 그보다는 나한테 어떤 말을 해주길 바란다고 대답했다. 나는 그녀가 할 말이 전혀 없다고 말하리라 생각했고, 또 실상 그래야 그녀다웠을 것이다. 그래서인지 방을 하나 갖고 있다는 그녀의 말에 나는 기분 좋게, 그것도 아주 기분 좋게 놀랐다. 하기야 그 정도는 짐작하고 있었다. 자기 방 없는 사람이 어디 있겠는가? 아, 아우성이 들린다. 방이 두 개예요, 그녀가 말했다. 정확히, 방이 몇 갠가요? 내가 물었다. 그녀는 방 두 개에 부엌 하나가 있다고 대답했다. 그 수는 매번 늘어났다. 급기야는 그녀가 욕실까지도 기억해낸 것 같았다. 방이 정말 두 개란 말이죠? 내가 물었다. 그래요, 그녀가 대답했다. 그 두 방은 붙어 있나요? 내가 물었다. 이제야 대화다운 대화가 벌어진 것이다. 그 가운데에 부엌이 있어요, 그녀가 대답했다. 나는 왜 좀더 빨리 그 사실을 말하지 않았느냐고 그녀에게 물었다. 그 당시에 내가 정신이 나갔던 게 틀림없다. 나는 그녀 옆에 있으면, 그녀 말고 다른 일을 생각하거나, 그것만으로도 대단한 것이었지, 오래

전에 겪은 일들을, 하나하나 들춰내다가, 심해로 나 있는 계
단을 하나씩 밟고 내려가듯, 차츰차츰 아무 생각도 하지 않
게 되는 자유를 느꼈을 때를 제외하고, 기분이 썩 좋지 않았
다. 그러나 그녀를 떠나면 그 자유마저도 잃게 되리라는 사
실을 알고 있었다.

그곳에 정말, 부엌을 사이에 두고 서로 떨어져 있는, 방
두 개가 있었던 것으로 보아, 그녀가 내게 거짓말을 한 것은
아니었다. 그녀는 내 소지품을 찾으러 가야 하지 않겠느냐
고 말했다. 나는 소지품 같은 것은 없다고 알려주었다. 우리
는, 우리는 오래된 집 맨 위층에 있었는데, 원하기만 하면,
창문 너머로 산을 볼 수 있었다. 그녀가 석유램프에 불을 붙
였다. 전기가 안 들어오나요? 내가 물었다. 그래요, 그녀가
대답했다, 하지만 수돗물이랑 가스는 나와요. 아, 내가 대꾸
했다, 가스가 나오는구나. 그녀는 옷을 벗기 시작했다. 여자
들이란 더 이상 뭘 해야 할지 모를 경우에, 일반적으로 옷을
벗는데, 아마도 그게 여자들이 할 수 있는 최선인가 보다.
그녀는, 코끼리라도 신경질이 날 만큼 아주 천천히, 스타킹
만 빼고, 그것은 필시 내 흥분을 극도로 자극하려고 남겨둔
거겠지, 모두 벗어버렸다. 바로 그때 그녀가 사시라는 사실
을 알아차렸다. 다행스럽게도 여자의 알몸을 보는 게 처음
이 아니라서, 나는 태연할 수 있었고, 또 그녀가 감정을 터
뜨리지 않으리라는 것도 알았다. 나는 다른 방을 보고 싶다

고 말했는데, 왜냐하면 다른 방을 아직 보지 못했기 때문이다. 만일 내가 그 방을 이미 봤더라면 나는 그 방을 다시 보고 싶다고 말했을 것이다. 당신은 안 벗으세요? 그녀가 말했다. 오, 알겠지만, 나는 말했다, 나는 그리 자주 옷을 벗는 편이 아니라서. 그 말 그대로, 나는 걸핏하면 옷을 벗는 위인이 절대로 아니었다. 나는 잠자리에 들 때면, 말하자면 자려고 단장을(단장이라고!) 할 때면 대체로 구두를 벗었고, 그러고는 기온에 따라 겉옷 정도를 벗었다. 아 그래서 그녀는, 무례한 모습을 보이지 않기 위해서라도, 실내복을 걸치고, 램프를 든 채, 나와 동행해야만 했다. 우리는 부엌을 지나서 갔다. 우리는 복도를 지나서도 갈 수 있었지만, 그건 내가 그 후에 알게 된 사실이었는데, 왜 그랬는지 몰라도, 여하간 부엌을 지나서 갔다. 아마도 그쪽이 가장 빠른 길이었나 보다. 그 방을 보니 끔찍했다. 그 정도로 가구들이 꽉꽉 들어찰 수 있다는 건 상상도 못 할 노릇이다. 그러고 보니 나는 그런 방을 어디선가 본 적이 있었다. 나는 소리쳐, 이 방은 무슨 방이죠? 라고 물었다. 응접실이에요, 그녀가 대답했다. 응접실. 나는 가구들을 들어 복도로 나 있는 문밖으로 내놓기 시작했다. 그녀는 내가 하는 짓을 쳐다보고만 있었다. 그녀는 슬퍼했다, 이 말은 사실 그녀의 속마음을 알 도리가 없으므로, 어쨌거나 내 추측일 뿐이다. 그녀는 뭐 하는 거냐고 물었으나, 내가 보기에는 대답을 기대하지는 않는 것 같았다. 나는 가구들을 하나씩 차례대로, 심지어는 한꺼번에 두 개씩 들고 나와, 안쪽 벽에 기대어놓은 채, 복도에 잔뜩 쌓아 올렸다. 크고 작은 가구들이 수백 개씩이나 되었다. 마침내 가구들이 문 앞까지 쌓여서, 더 이상 그 문으로는 방을 나올 수가 없었는데, 하물며 그 문으로 들어가는 건 가당치도 않은 일이었다. 문을 여닫을 수는 있었지만, 문이 안쪽으로 열리니까, 그 문으로 넘나들 수는 없게 되었다. '넘나들 수 없는,' 참으로 중요한 말이다. 모자라도 벗으세요, 그녀가 말했다. 내 모자에 대해서는 아마도 다음번에 당신들한테 말할 기회가 있을 것이다. 결국 방에는 일종의 소파와 벽에 고정된 선반 몇 개만 남게 되었다. 소파, 그것은 문 근처, 방 안쪽까지 끌어다 놓았고, 선반들, 그것들은 다음 날 떼어서, 방 밖, 복도에다, 다른 가구들과 함께 놓았다. 그것들을 떼어내면서, 참 이상한 기억인데, 피브롬*인지 피브론인지 하는, 둘 중 무슨 말이었는지 모르겠으나, 어쨌든 그런 말을 들었는데, 그런 말은 전혀 알지도 못했고, 그게 무슨 뜻인지도 몰랐으며, 그렇다고 알고자 하는 호기심은 애당초 있지도 않았다. 기억하는 게 고작 그런 말들이라니! 게다가 이야기랍시고 하는 게 그런 말들이야! 모든 것이 정돈되자 나는

---

* 뇌를 제외한 여러 조직 기관에 발생하는, 결합 조직 세포와 그 섬유로 이루어진 양성 종양이다.

소파에 털썩 주저앉았다. 그녀는 날 돕기 위해 새끼손가락 하나 까닥하지 않았다. 시트와 이불을 가져올게요, 그녀가 말했다. 하지만 나는 시트를 조금도 원하지 않았다. 커튼을 치면 안 될까요? 내가 말했다. 창문은 성에로 뒤덮여 있었다. 밤이라서, 하얗게 보이지는 않았지만, 그럼에도 약간씩 빛을 발하며 반짝였다. 그 희미하고 차가운 빛은, 문 쪽으로 발을 두고 누워도 소용이 없을 정도로, 나를 불편하게 만들었다. 나는 벌떡 일어나 소파 위치를 바꿨는데, 그러니까 처음에 벽에 붙여놓았던 긴 등받이를, 이번에는 바깥쪽으로 돌려놓았다. 이제 벽과 마주하는 부분은 소파의 터진 쪽, 즉 등받이 반대쪽의 앉는 부분이었다. 그러고 나서 나는, 바구니 속으로 기어 들어가는 개처럼, 그 속으로 기어 들어갔다. 램프는 두고 갈게요, 이렇게 그녀가 말했으나, 나는 제발 갖고 가달라고 부탁했다. 밤에 필요한 거라도 있으면 어떡하려고요? 그녀가 말했다. 그녀가 시답잖은 일로 왈가왈부하려는 것을 느꼈다. 화장실이 어디에 있는지 아세요? 그녀가 물었다. 그녀의 말에도 일리가 있는 게, 그 점은 내가 미처 생각하지 못했던 바다. 그녀의 침대에서 용변을 보면, 당장은 시원해서 기분이 좋겠지만, 나중에 귀찮아진다. 요강을 주세요, 내가 말했다. 상당히 오랫동안, 나는 요강이라는 단어를, 많이 좋아했다가, 결국에는 적당히 좋아하게 됐는데, 그 단어들은 라신을, 아니면 보들레르를, 그 둘 중 누구였는지 모르겠지만, 어쩌면 둘 다였을 수도 있고, 그런 인물을 떠올리게 했다. 그래, 유감스럽게도, 나는 박식했던 편이라, 그 단어를 통해서 말(言)이 멈춰 서는 그 지점, 그게 단테인 듯한데, 거기까지 이르렀다. 하지만 그녀에게는 요강이 없었다. 의자형 변기는 있어요, 그녀가 말했다. 무슨 푯말처럼 허리를 꼿꼿하게 세우고 거만한 태도로, 그 위에 앉아 있는 할머니를 봤는데, 그 의자를 그녀가 얼마 전에 사고서, 아 실수, 그게 아니라 바자회에서, 어쩌면 경품으로, 그래도 진품이었지, 그 의자를 획득하고서, 처음으로 그 의자를 사용, 아니 그보다는 시험해보았던 거다, 그녀는 사람들이 자기 의자를 봐주기를 꽤 바랐을 테니까. 나중에 써봅시다, 나중에. 대신에 그냥 평범한 우묵한 그릇이나 하나 줘요, 내가 말했다, 이질*은 없으니까. 그녀는 냄비 비슷한 것을 하나 들고 왔는데, 그것을 진짜 냄비라고 할 수 없는 이유가, 긴 손잡이가 없었고, 모양은 타원형이었으며, 양쪽에 짧은 손잡이가 달렸고, 또 뚜껑이 있었기 때문이다. 스튜 냄비예요, 그녀가 말했다. 뚜껑은 필요 없어요, 나는 말했다. 뚜껑이 필요 없어요? 그녀가 물었다. 만일 내가 뚜껑이 필요하다고 말했더라면 그녀는, 뚜껑이 필요해요?라고 물었을 거

* 법정 전염병의 하나로, 배가 아프고 변에 피와 고름이 섞여 나오는 병이다. 그 원인에 따라 세균성 이질과 아메바성 이질로 나뉜다.

다. 나는 그 물건을 이불 속으로 집어넣었다, 자면서 뭔가를
손에 쥐고 있는 걸 좋아하기도 하고, 또 그러면 덜 무섭기도
해서, 그런데 내 모자는 아직도 흠뻑 젖어 있었다. 나는 벽
쪽으로 돌아누웠다. 그녀가 벽난로 위에 올려놓았던 램프를
들어서, 정확하게 말하자, 정확하게 말하자고, 내 위로 드리
워진 그녀의 그림자가 너울거려서, 나는 그녀가 가려나 보
다라고 생각했으나, 천만에, 그녀는 소파로 다가와 등받이
너머로, 내 쪽으로 몸을 숙이고 있었다. 이게 다 가족이라
가능한 일이죠, 그녀가 말했다. 나라면 발끝으로, 조심조심
걸어 나갔을 텐데. 하지만 그녀는 꼼짝도 하지 않았다. 여기
서 중요한 점은 그녀에 대한 내 사랑의 감정이 벌써 사라지
기 시작했다는 사실이다. 그래, 내 기분은 이미 좋아진 상태
였고, 컨디션도 거의 회복해서, 그녀 때문에, 상당히 오랫동
안 하지 못했던, 긴 잠수를 위해서 천천히 하강하고 있었다.
그리고 겨우 막 이르려는 찰나였다. 하지만 그 전에 잠이 들
고 말았다. 나를 지금 쫓아내 봐요, 나는 말했다. 그 말의 의
미 못지않게, 그 말을 작은 소리로 말했다는 사실을, 지금
생각해보니 그 말을 내뱉고서 몇 초 후에야 겨우 알아차린
것 같았다. 나는 말하는 게 거의 습관이 안 돼서, 문법적으
로는 완전무결하나 철저하게 뭔가가 결핍된 문장들이 가끔
씩 제멋대로 내 입에서 튀어나왔는데, 여기서 나는 그 결핍
의 대상을, 의미가 아니라, 왜냐하면 그 문장들을 잘 따져보

면 거기에서 하나 혹은 다수의 의미를 얻을 수 있으니까, 토대로 보고자 한다. 그러면 소리는, 내가 소리를 내는 한, 반드시 듣게 되어 있었다. 내 목소리가 그렇게 오래 있다가 들린 건 그때가 정말 처음이었다. 나는 무슨 일이 벌어지나 보려고, 몸을 다시 돌려 똑바로 누웠다. 그녀는 미소를 짓고 있었다. 잠시 후에 그녀는 램프를 들고 나갔다. 나는 그녀가 부엌을 지나가는 소리를 들었고, 이어서 부엌으로 통하는 그녀의 방문이 닫히는 소리를 들었다. 나는 비로소 어둠 가운데, 마침내 홀로 있게 되었다. 더는 길게 말하지 않겠다. 장소가 낯설기는 하지만, 곤히 잘 자리라 생각했는데, 웬걸, 밤새도록 아주 심하게 몸을 뒤척였다. 다음 날 아침 파김치가 되어 일어나 보니, 내 옷이 풀어 헤쳐져 있고, 이불도 엉망이었으며, 그리고 내 옆에는 안느가, 물론 실오라기 하나 걸치지 않고 드러누워 있었다. 그녀가 저지른 일임에 틀림없다! 나는 여전히 스튜 냄비를 손에 쥐고 있었다. 나는 그 안을 들여다보았다. 그것을 사용하지는 않았다. 내 성기를 바라보았다. 그게 말을 할 줄만 알았더라도. 더는 길게 말하지 않겠다. 그 밤은 내 사랑의 밤이었다.

그 집에서, 내 생활의 체계가 조금씩 잡혀갔다. 그녀는 내가 일러준 시간에 맞춰 식사를 가져왔고, 내가 잘 있는지 뭐 필요한 것은 없는지 가끔씩 살펴보러 왔으며, 하루에 한 번씩 스튜 냄비를 비웠고 한 달에 한 번씩 방 청소를 했다. 나한테 말하고 싶은 욕망을 항상 잘 참아냈던 것은 아니지만, 대체로 나는 그녀에게 불평할 이유가 없었다. 나는 가끔씩 그녀가 자기 방에서 노래 부르는 것을 들었는데, 그 노랫소리는 그녀의 방문을 가로질러, 부엌을 지나, 내 방문을 통해 희미하지만 분명하게 나한테까지 들려왔다. 그 소리가 복도를 지나온 게 아니라면 말이다. 가끔씩 들려오는 노랫소리가, 나를 심하게 방해하지는 않았다. 어느 날 나는 화분에 심겨 있는, 살아 있는, 히아신스 한 포기를 가져다 달라고 그녀에게 부탁했다. 그녀는 그 화분을 가져와 벽난로 위에 놓았다. 내 방에서, 물건을 놓을 만한 데가, 바닥 말고는, 벽난로 위밖에 없었다. 나는 날마다, 나의 히아신스를, 바라보았다. 히아신스는 분홍색이었다. 파란색 히아신스면 더 좋았을 텐데. 처음에는 잘 자라서, 꽃도 몇 송이 피우더니, 나중에는 자라지도 꽃도 피우지 못하다가, 축 늘어진 이파리에 물컹거리는 줄기로 순식간에 변해버리고 말았다. 구근은, 산소를 찾는 듯, 흙에서 반쯤 나와, 악취를 풍겼다. 안느가 그 화분을 치워버리려고 했으나 내가 그냥 놔두라고 말렸다. 그녀는 나한테 다른 히아신스를 사주고 싶어 했지만 나는 다른 히아신스는 필요 없다고 말했다. 가장 심하게 나를 방해했던 것은, 밤이나 낮이나, 몇몇 시간대에 은밀하게 아파트를 가득 채우는 다른 소리들, 즉 작은 웃음소리들과 신음 소리들이었다. 나는 더 이상 안느를, 정말 조금도, 생각하지 않았지만, 그래도 내 삶을 살려면 침묵이 필요했다. 나는 이성적으로 생각하여, 공기는 이 세상의 소리를 운반하며, 그 소리에 웃음소리와 신음 소리가 매우 큰 비중을 차지한다고 나 자신에게 설명해보았지만, 그럼에도 언짢기는 마찬가지였다. 항상 똑같은 놈인지 아니면 여러 놈인지 나는 갈피를 잡을 수가 없었다. 작은 웃음소리들과 신음소리들은, 서로, 너무나도 흡사하니까! 함정에 빠질 때마다, 내 말은 의심에서 벗어나려고 애를 쓸 때마다 느껴지는 이런 비참한 당혹스러움이, 그 당시에, 나는 끔찍하게도 싫었다. 언뜻 보인 한쪽 눈의 색깔이나, 저 멀리서 조그맣게 들리는 어떤 소리의 출처가, 신의 존재나, 원형질의 기원, 또는 자아의 존재보다도, 무지의 지옥에 위치한 주데카*에 더 가깝고, 지혜를, 외면하기는커녕, 더 많이 필요로 한다는 사실을 이해하는 데 오랜 시간이, 말하자면 내 전 생애가 걸렸다. 위안이 되더라도 그러한 결론에 이르기 위해서 투자한 그 시간은, 그러니까 전 생애를 바친 그 시간은, 좀 많은 편이다 보니, 그리고 보면 삶을 만끽할 시간이 당신들한테 얼마 남지 않은 거다. 아 그래서, 그녀를 추궁한 결과, 그녀가 자신이 교대로 받은 손님들 때문에 그렇다고 말함으로써,

---

* 죽음의 신 하데스가 사는 궁전을 가리킨다. 이 궁전은 저승의 중심부에 위치한다.

나는 꽤 진전을 이뤘다. 당연히 열쇠 구멍이 꽉 막혀 있지만 않았다면, 자리에서 일어나 열쇠 구멍을 들여다보러 갈 수도 있었으나, 고만한 구멍으로, 뭐가 보이기나 할까? 그럼 당신은 매춘으로 먹고사는 건가요? 내가 물었다. 우리가 매춘으로 먹고사는 거지요, 그녀가 대답했다. 손님들한테 소리를 좀 덜 내달라고 부탁할 순 없나요? 나는 방금 전에 한 그녀의 말을 믿는다는 듯이 그렇게 말했다. 그리고 덧붙이기를, 아니면 다른 종류의 소리를 내달라고 하면 안 되나요? 손님들은 그렇게 끙끙거려야만 해요, 그녀가 말했다. 내가 떠나는 수밖에 없군요, 나는 말했다. 그녀는 잡다한 살림살이를 넣어두는 곳에서 벽걸이 천을 찾아 우리 방문 앞에, 말하자면 내 방문과 그녀의 방문 앞에 걸었다. 나는 파네* 한 뿌리를, 가끔씩, 먹을 방법은 없는지 그녀한테 물어봤다. 파네 한 뿌리! 그녀는 내가 마치 유대인 아기라도 맛보고 싶다고 말한 것처럼 소리를 질렀다. 나는 파네 철이 끝나가고 있으니, 그 철이 다 가기 전에, 파네만 먹을 수 있게 해준다면 정말 고맙게 생각할 거라는 점을 그녀에게 주지시켰다. 아니 파네라고! 그녀가 소리를 빽 질렀다. 내 입맛에는, 파네에서 오랑캐꽃 맛이 난다. 나는 파네에서 오랑캐꽃 맛을 느

* 영국 발음으로 '파스닙'이라고 불리는 이 뿌리채소는 당근과 흡사한 식물이기는 하나, 색깔이 훨씬 하얗고 특히 요리했을 때 당근보다 더 달다.

낄 수 있어서 파네를 좋아하고 오랑캐꽃에서 파네 향이 나서 오랑캐꽃을 좋아한다. 만일 이 세상에 파네가 없다면 난 오랑캐꽃을 좋아하지 않을 테고 만일 오랑캐꽃이 없다면 파네는 무나 라디*처럼 나와 상관없는 식물이 될 것이다. 그렇기는 하지만 지금과 같은 식물군에도, 다시 말해서 파네와 오랑캐꽃이 공존할 수 있는 지금과 같은 세상에서도, 나는 어려움 없이, 파네와 오랑캐꽃 없이도, 정말 어려움 없이 잘 지낼 수 있을는지도 모른다. 어느 날 그녀는 뻔뻔스럽게도 임신했다고, 임신 4~5개월째라고, 내 아이를 가진 거라고 나한테 통보했다. 그녀는 옆모습을 보이면서 나한테 자기 배를 보라고 했다. 그녀는 옷까지 벗었는데, 아마도 치마 안에 쿠션을 숨기고 있지 않다는 것을 보여주려는 속셈도 있었을 거고, 또 분명히 옷을 벗는 데서 느끼는 단순한 기쁨 때문이기도 했을 거다. 어쩌면 그냥 배에 가스가 차서 불룩해진 것일 수도 있어요, 그녀를 위로하고자, 나는 그렇게 말했다. 무슨 색이었는지 기억나지 않는 커다란 두 눈으로, 아니 그보다는 커다란 한쪽 눈으로, 다른 쪽 눈은 분명 히아신스 잔해에 고정되어 있었으니까, 그 한쪽 눈으로 그녀가 나를 쳐다봤다. 알몸이 되어갈수록, 그녀의 사시는 더욱더 두드러졌다. 이거 봐요, 고개 숙여 자신의 젖가슴을 바라보며,

* 작은 무의 일종이다.

그녀가 말했다. 젖꼭지 색깔이 벌써 짙어지고 있어요. 나는 죽을힘을 다해 말했다, 유산시켜요, 유산시켜, 그러면 젖꼭지 색깔도 더 이상 짙어지지 않을 테니까. 그녀는 자기 몸의 둥글둥글한 다양한 부분을 단 하나도 놓치지 않고 보게 하려고 커튼을 활짝 열어젖혔다. 그저 바람 소리, 마도요 소리, 그리고 멀리서 자그맣게 들려오는, 화강암을 다루는 석공들의 낭랑한 망치 소리만 하루 종일 들릴 것 같은, 비밀스러우면서도 태연한 동굴 산이 눈에 들어왔다. 내가 마음만 먹으면, 낮에는 히스가 무성한 따뜻한 황야로, 향기로운 야생 금작화가 자라는 들판으로 나갈 수 있을 텐데, 그리고 밤에는 멀리서 반짝이는 도시의 불빛들과, 내가 어렸을 때, 아버지가 알려주었기에, 마음만 먹으면, 나는 내가 그럴 수 있으리라는 걸 아는데, 내 기억에서, 그 이름들을 다시 찾아낼 수 있는, 등대와 등대선들의 불빛들, 그런 불빛들을 바라볼 수 있을 텐데. 그날부터, 집 안에서 일어나는 모든 일이, 나한테는, 나쁘게, 점점 더 나쁘게 돌아갔다, 그게 그녀가 나를 소홀히 대해서가 아니라, 그녀는 절대로 나를 심하게는 소홀히 대할 수 없었을 테니까, 나한테 자기 배와 가슴을 보여주고, 아기가 곧 나올 것 같다고 말하며, 아기가 노는 게 벌써 느껴진다고 하면서, 망할 놈의 '우리' 아기로 나를 괴롭히려고 그녀가 끊임없이 찾아왔기 때문이다. 태동이 느껴진다면, 나는 말했다, 내 애가 아녜요. 그 집에서 아주 못 지내지는 않았다, 그건 확실하다, 거기는 분명 이상적인 곳은 아니었으나, 그렇다고 그 집의 이점들을 과소평가하지도 않았다. 나는 떠나는 것을 망설였고, 벌써 나뭇잎들이 떨어지는 가운데, 겨울이 두려웠다. 하지만 겨울을 두려워할 필요가 없는 게, 겨울 역시 나름대로 관대해서, 겨울에 내리는 포근한 눈은 소동을 가라앉히고, 겨울의 창백한 하루들은 금방 저문다. 여하간 그 당시에 나는 아직 대지가 대지밖에 가진 게 없는 사람들에게 얼마나 관대할 수 있는지, 또 사람들이 그 대지에서 사는 동안 얼마나 많은 묘지를 찾아볼 수 있는지 알지 못했다. 나를 끝장낸 사건은, 바로 탄생이었다. 나는 그 일로 인해 잠에서 깼다. 애가 나온 게 틀림없었다. 그녀가 다른 어떤 여자와 함께 있었다고 나는 믿고 있는데, 부엌에서 어떤 발소리가 가끔씩 들려온 것 같았기 때문이다. 아무도 날 쫓아내지 않았는데도 집을 떠나는 상황이, 내 가슴을 아프게 했다. 나는 소파 등받이를 타고 넘어서, 옷을 입고 망토를 걸치고 모자를 쓰고, 하나도 빼먹지 않고 다 갖춰 입은 후, 구두끈을 조인 다음에, 복도 쪽 문을 열었다. 잡동사니 더미가 내 길을 가로막고 있었지만, 기어오르기도 하고, 힘껏 밀어붙이기도 해서, 우당탕 소리를 내며, 여하간 그곳을 빠져나왔다. 내가 결혼이라는 말을 했는데, 그것은 어쨌거나 일종의 결합이었다. 언짢은 마음이 들었던 건 내 잘못이겠지만, 그 울부짖음은 타의 추종을 불허했다. 그것

은 분명 아이의 첫 울부짖음이었다. 그 울음소리는 길거리
까지 나를 쫓아왔다. 나는 대문 앞에 멈춰 서서 귀를 기울였
다. 계속해서 그 울음소리가 들려왔다. 집에서 누가 울부짖
고 있다는 사실을 몰랐다면 그 소리가 어쩌면 안 들렸을 수
도 있다. 하지만 알고 있었기 때문에 그 소리가 잘 들렸다.
나는 내가 어디에 있는지 아주 잘 알지는 못했다. 별들과 성
좌들 가운데서, 곰 자리를 찾아보았으나, 찾을 수가 없었다.
그렇지만 그 가운데 있는 것만은 틀림없었다. 곰 자리를 처
음으로 알려준 사람은 바로 아버지였다. 아버지는 다른 별
자리들도 알려주었지만, 아버지 없이 나 혼자 찾을 줄 아는
건 오로지 곰 자리뿐이었다. 전에 노래를 가지고 놀았듯이,
그걸 놀이라고 부를 수 있다면, 나는 가다 서고 가다 서기를
반복하면서, 그 울음소리를 가지고 잠시 놀기 시작했다. 걷
는 동안에는, 내 발자국 소리에 묻혀, 그 울음소리가 들리지
않았다. 하지만 걸음을 멈추자마자 그 울음소리는 다시 들
렸는데, 물론 소리는 매번 더 작아졌으나, 소리가 작거나 크
다고 해서 뭐 달라질 게 있을까? 이 상황에서 필요한 일은,
울음소리가 그치는 것이다. 여러 해 동안 나는 그 소리가 그
칠 것이라고 생각했다. 지금은 더 이상 그렇게 생각하지 않
는다. 어쩌면 나한테는 다른 종류의 사랑이 필요했던 것인
지도 모른다. 여하튼 사랑, 그건 뜻대로 되는 게 아니다.

추방자

현관 앞 층계는 높지 않았다. 나는 그 층계를 오르내리면서 계단이 몇 개나 되는지 수없이 세어보았는데도, 이제는 그것이 총 몇 개였는지 기억나지 않는다. 나는 인도를 딛고 있는 발을 하나로, 이어서 첫번째 계단에 올려놓은 발을 둘로 보고, 그렇게 쭉 세어가야 하는지, 아니면 인도를 딛고 있는 발은 세지 말아야 하는지 전혀 알 수가 없었다. 층계 꼭대기에 이르러서도 나는 같은 딜레마에 부딪혔다. 방향이 반대라도, 내 말은 위에서 아래로 내려갈 때도, 이게 과장이 아니라, 사정은 같았으니까. 나는 도대체 어디서 시작하고 어디서 끝내야 하는지 알지 못했다. 있는 그대로 말하자. 그래서 나는 뭐가 맞는지 전혀 모르겠지만, 완전히 다른 세 가지 계단 수를 알아냈다. 그러니까 내가 그 계단이 총 몇 개였는지 이제는 기억나지 않는다고 한 것은, 그 세 가지 계단 수 중 어느 하나도 기억나지 않는다는 말이다. 사실 그 계단 수 중, 기억에 확실히 남아 있는, 단 하나의 계단 수만 다시 생각해낸다면, 나는 그 수에서 다른 두 가지 계단 수를 유추해내지 못한 채, 오로지 그 수만 다시 생각해낸 셈이 되는 거다. 그리고 설령 세 가지 계단 수 중 두 가지를 기억해낸다 하더라도, 남은 한 가지는 알지 못할 거다. 못 하고말고, 그래서 세 가지 계단 수를 전부 다 알려면, 그 세 가지 수를 전부 다 기억해내야만 하는 것이다. 아 이놈의 기억이 사람 잡네. 그러니까 뭔가를 생각해서는 안 돼, 당신들한테 중요한 문제라고 생각하지 마, 아니지 오히려 생각해야만 해, 생각하지 않으면, 조금씩 조금씩, 그걸 기억해내는 일이 벌어질 수도 있으니까. 다시 말해서 잠깐, 아니 한동안, 날마다 그것도 하루에 몇 번씩, 넘을 수 없는 진흙층이 다시 덮어버릴 때까지, 그걸 생각해야만 하는 거야. 그게 하나의 이치니까.

따지고 보면 계단 수는 고려할 사항이 전연 아니다. 염두에 둬야만 했던 사실은, 현관 앞 층계가 높지 않았다는 건데, 나는 그 점을 기억해뒀다. 심지어 아이한테도, 층계들을 매일 보고, 오르내리고, 그 층계들의 계단에서 오슬레*와 이름도 기억나지 않는 여러 놀이들을 해본 결과, 그 아이가 알았던 다른 층계들에 비하면, 그 층계는 높지 않았다. 그러니다 커버린, 아니 지나치게 커버린 어른한테야 그 층계가 어땠겠는가?

그렇다 보니 그 층계에서 굴러떨어져도 그리 크게 다치

* 양의 발목뼈로 만든 장난감을 던지고, 잡고, 흐트러뜨리는 놀이다.

진 않았다. 마구 굴러떨어지면서 나는 문이 꽝 닫히는 소리를 들었는데, 한창 굴러떨어지는 와중에도, 그 소리가 내게 위안이 됐다. 그 소린 행인들이 보는 앞에서, 날 잡아 몽둥이로 두들겨 패려고, 그들이 몽둥이 하나를 집어 들고, 길거리까지 쫓아오진 않으리란 걸 의미했으니까. 만일 그럴 생각이 있었다면, 그들은 현관에 모여든 사람들이, 매질을 신나게 구경하고 교훈을 얻어갈 수 있도록, 문을 닫지 않고 열어두었을 테니까. 그러니까 이번에는, 더 이상의 조치는 취하지 않고, 밖으로 나를 냅다 내동댕이치는 거로, 그들이 만족했던 거야. 봇도랑에 처박히기 전에, 그런 훌륭한 추리를 할 만한 시간이, 내게 있었다.

상황이 그러하니 곧장 일어날 필요는 전혀 없었다. 참 이상한 기억인데, 인도에다, 팔꿈치를 걸치고, 그 손으로 머리를 받친 채, 익숙한 상황인데도, 내 처지를 곰곰이 생각해보기 시작했다. 그런데 소리에, 아까보다는 작지만, 분명히, 다시 꽝 닫히는 문소리에, 벌써 야생의 장미꽃들과 산사나무 꽃으로, 매우 몽환적이면서도, 매력적인 풍경이 완벽하게 펼쳐진 몽상에서 나는 퍼뜩 깨어나, 두 손으로 인도를 짚고 두 다리를 쭉 뻗으면서 고개를 번쩍 쳐들었다. 아 그런데 그게 빙글빙글 공중을 돌며 내게로 날아오는 내 모자가 전부였다. 나는 그 모자를 잡아 썼다. 그들은 자기네들 신을 본받아, 아주 양심적이었다. 그들은 그 모자를 가질 수도 있었지만, 자기들 게 아니라, 내 거라서, 내게 돌려준 것이었다. 하지만 그 마법은 깨져버렸다.

그 모자를 어떻게 묘사해야 할까? 그런데 왜? 내 머리통이 커졌을 때, 내 말은 다 커졌다는 게 아니라, 최대한 커졌을 때, 아버지는 내 모자가 마치 창세전부터, 어떤 정해진 장소에 이미 존재하고 있었던 것처럼, 자 아들아, 네 모자를 사러 가자, 이렇게 내게 말했다. 아버지는 곧장 그 모자한테로 갔다. 내게는 모자에 대한 발언권이 없었고, 그건 모자 장수도 마찬가지였다. 나는 아버지가 내게 창피를 주려고 계획적으로 그랬던 건 아닌지, 벌써 늙어 온몸이 퉁퉁 붓고 혈액순환이 잘 안 돼 피부에 보랏빛까지 도는 자기 자신에 비해, 젊고, 잘생기고, 말하자면 혈기 왕성한 나를 질투했던 건 아닌지 종종 자문해봤다. 그날부터, 멋진 밤색 머리카락을 바람에 휘날리며, 맨머리로 외출하는 일이, 더 이상 허락되지 않았다. 때때로, 외진 길로 접어들 때면, 나는 모자를 벗어 손에 들었으나, 그때마다 두려워 벌벌 떨었다. 나는 아침저녁으로 모자에 솔질을 해야만 했다. 그런 상황에서도 가끔씩 어울려야만 했던, 내 또래의 애들이 나를 놀리고 비웃었다. 그런데도 나는, 모자 때문이 아냐, 애들이 재치가 없으니까, 가장 눈에 띄는 놀림감으로, 자기들의 기지를 보인다고 모자에 집착하는 것뿐이야, 이렇게 속으로 생각했다. 오로지 자신을 찾고자, 아침부터 저녁까지 몸부림

치는 영혼의 소유자인 나, 그런 내가 그 당시 사람들의 얼마
안 되는 재치를 볼 때마다 얼마나 놀랐는지 모른다. 그렇기
는 하지만 그건 어쩌면 꼽추의 코가 크다고 놀리는 일과 같
은, 그런 종류의 친절이었는지도 모른다. 아버지의 죽음으
로 나는 그 모자로부터 벗어날 수도 있었으나, 그렇게 하지
못할 이유가 더 이상 없었으니까, 그러나 나는 그렇게 하지
않았다. 그런데 그걸 어떻게 묘사해야 할까? 다음 기회에,
다음 기회에 하자.

　　나는 다시 일어나 움직이기 시작했다. 그 당시 내가 몇
살이나 됐는지 이제는 기억나지 않는다. 방금 있었던 일은
내 삶에 한 획을 그을 만큼 대단한 사건은 아니었다. 그건
어떤 특정한 일의 요람도 무덤도 아니었으니까. 그보다는
헷갈릴 정도로 상당히 많은 요람들, 상당히 많은 무덤들과
비슷했다. 여하간 당시 내 나이가, 내 생각에는 자기 능력
을 십분 발휘할 시기라고들 하는 한창 나이였다 해도, 내 생
각에 그것이 과장은 아니라고 본다. 아 그럼, 내가 그런 능
력을 갖고 있긴 했지. 일단 떠난 곳으로는, 절대로 돌아가지
않는 내가, 길을 건너서 나를 막 쫓아냈던 집으로 다시 돌
아갔다. 그 집은 얼마나 아름다웠던가! 창문마다 제라늄 화
분이 놓여 있었다. 수년간, 나는 그 제라늄*을 연구했다. 교

---

* 프랑스에서 흔하게 볼 수 있는 관상용 식물. 해충을 쫓아내는 작용도

활해, 제라늄 말이야, 하지만 결과적으로 나는 그 꽃으로 내
가 원하는 바를 모두 이루었다. 작고 나지막한 층계 꼭대기
에 있는 그 집 문, 그 문을 볼 때마다 언제나 감탄이 절로 나
왔다. 그걸 어떻게 묘사해야 할까? 그 문은 육중했으며, 초
록색으로 칠해져 있었고, 여름에는 흰색과 초록색 줄무늬로
된 덮개 같은 것으로 씌워져 있었는데, 그 덮개에 뚫려 있는
구멍으로, 먼지, 벌레들, 박새들이 들어오지 못하도록 용수
철 달린 동판으로 닫아놓은 편지함의 홈과, 쇠를 단련해 만
든 우레 같은 소리를 내는 노커가 드러났다. 그래 이게 그
문이다. 문 양쪽에는 같은 색깔의 장식 기둥이 하나씩 있었
는데, 그 오른쪽 기둥에는 초인종이 달려 있었다. 커튼은 가
장 확실하게 그 집안의 취향을 보여줬다. 벽난로의 여러 굴
뚝 중, 부엌과 연결된 한곳에서 피어오르는 연기마저도, 이
웃집들 연기보다 더 슬프게 퍼져 나가다가 공기 중으로 흩
어 사라지는 듯 보였고, 더 푸르른 것만 같았다. 나는 4층이
자 맨 꼭대기 층에 있는, 아주 활짝 열려 있는 내 창문을 쳐
다보았다. 대청소가 한창이었다. 몇 시간 후면 그 창문을 다
시 닫고, 커튼을 친 다음에, 분무기로 포르말린을 뿌리겠지.
나는 그들을 알고 있었다. 그 집에서라면 기꺼이 죽을 수도
있는데. 일종의 환각 현상으로, 나는 문이 열리고 내 발이

하기 때문에 화분에 심어 주로 창가나 베란다에 놓는다.

걸어 나오는 장면을 보았다.

　나는 마음 놓고 쳐다봤는데, 그건 그들이 마음만 먹으면 커튼 뒤에서 나를 엿볼 수도 있지만 그렇게 하지 않으리라는 사실을 알고 있었기 때문이다. 아니 나는 그들을 알고 있었다. 그들은 모두 자기네들의 벌집 구멍으로 돌아가서 각자 자신의 일에만 몰두하고 있었다.

　어쨌거나 나는 그들한테 아무 짓도 하지 않았다.

　나는 그 도시를, 내 고향이고, 삶에서 첫걸음을 떼었던 곳이자, 엉망으로 뒤섞여버린 발자취를 남긴, 내 다른 모든 걸음이 이뤄진 곳인데도, 잘 몰랐다. 나는 정말이지 외출을 한 적이 거의 없었다! 가끔씩 창가로 가서 커튼을 젖히고 밖을 내다보기는 했다. 하지만 금방 침대가 놓인 방 안쪽으로 돌아가버렸다. 그 모든 현실적인 기운에, 마음이 불편하기도 했고, 셀 수 없이 많은 모호한 가능성들의 문턱에서 길을 잃은 것 같은 느낌을 받았으니까. 그렇지만 그 당시만 해도, 어쩔 수 없는 상황에서는, 그 상황에 맞춰 여전히 처신할 줄 알았다. 그래도 일단은 눈을 들어 하늘을 봤다, 우리에게 이르는 그 유명한 구원이 있는 하늘을, 사막처럼, 길들이 표시되어 있지 않아서, 마음껏 떠돌아다녀도 되는 하늘, 시야의 한계는 어쩔 수 없지만, 어느 쪽에서 보든, 시야를 가리는 게 전혀 없는 그 하늘을. 그래서 모든 일이 잘 안 풀릴 때, 그게 비록 단조로운 행동이기는 하지만 나도 어쩔 수

가 없는데, 구름이 끼어도, 납빛이 되어도, 비로 인해 가려
져도, 도시, 농촌, 지상의 이성을 잃고 뒤죽박죽이 된 세태
로부터 휴식을 취하게 해주는 이 하늘을, 눈을 들어 보게 되
는 거다. 더 젊었을 때는 평원 한복판에서 살면 좋을 것 같
아서 나는 뤼네부르크* 광야로 갔다. 머릿속으로 평원을 그
리며 나는 그 광야로 갔던 것이다. 매우 가까운 다른 광야들
도 있었지만, 한 목소리가 내게 이렇게 말했다, 당신한테 필
요한 곳은 뤼네부르크 광야야, 나는 아무 때나 나 자신한테
너라고 말하지는 않았다. 그곳은 달〔月〕이라는 요소와 어떤
연관이 있는 게 틀림없었다.** 아 그런데 글쎄, 뤼네부르크
광야는 조금도, 아주 조금도 마음에 들지 않았다. 나는 실망
한 만큼 동시에 안도감을 느끼며 그곳에서 돌아왔다. 그랬
지, 나도 그 이유는 모르겠다, 나는 실망을 느낀 적이 없었
는데, 사실 초반에는, 자주 실망하기는 했으나, 아주 분명한
안도감을, 실망과 동시에, 아니면 실망하자마자 느끼지는
않았다.

　나는 걷기 시작했다. 이 얼마나 희한한 걸음걸이인가.
마치 본래부터 무릎이 없는 것처럼, 하반신의 뻣뻣함, 보행

* 독일 북부 니더작센 주에 있는 도시다.
** 뤼네부르크의 프랑스어 표현은 'Lunebourg'로서 'Lune'(달)과 'bourg'
(마을)가 합쳐진 형태다. 그래서 화자가 일종의 말장난으로 뤼네부르크와
달을 연결시키고 있다.

축 양쪽에 달린 기상천외하게 벌어진 발. 몸통은, 반면에, 보상 기전*의 효과인 듯, 누더기를 마구잡이로 가득 쑤셔 넣은 자루처럼 물렁물렁했고 골반의 예측 불가능한 발작적인 움직임에 따라 미친 듯이 요동쳤다. 나는 자주 이러한 결점들을 고치려고, 상반신을 곧게 세워보고, 무릎을 굽히기도 하고, 여러 개의 다리들을, 내 다리는 최소 대여섯 개 정도는 됐으니까, 앞뒤로 번갈아 움직여보려고 했으나, 그 노력은 늘 같은 식으로 끝이 났다, 그러니까 균형을 잃고, 넘어지고 말았다. 한숨짓듯, 자기가 뭘 하는지 신경 쓰지 말고 걸어야 하는데, 내 경우는 내가 뭘 하는지 신경 쓰지 않고 걸을라치면 방금 말했던 대로 걸었고, 신경 쓰기 시작하면 꽤 훌륭한 자세로 몇 발자국 걷는 듯싶다가 이내 넘어졌다. 나는 그래서 나 자신을 되는대로 내버려 두기로 했다. 그런 식의 동작은, 내 생각에, 적어도 부분적으로는 감수성이 예민하던 시절, 이는 의자 뒤로, 처음으로 나자빠지던 때와, 고전학을 배우는, 중학교 마지막 학기 사이를, 폭넓게, 아우르는 시기를 일컫는데, 성격이 막 형성되는 그런 시절에 자연스럽게 만들어져서 이후에는 절대로 완전하게 벗어날 수 없는 어떤 성향에서 기인한다. 그러고 보니, 나한테는, 팬티

---

* 주로 의학 용어로 쓰이는 표현. 어떤 원인으로 인해 일어난 신체적 문제를 신체가 해결하고자 기형화되는 현상을 일컫는다.

에 오줌을 지리거나, 똥을 한 무더기 싸놓고도, 그런 일은 오전 일찍, 10시나 10시 반경에 상당히 규칙적으로 일어났는데, 마치 아무 일도 없었던 양, 하루를 온전히 보내고 마무리하기를 간절히 바라는, 좋지 못한 버릇이 있었다. 옷을 갈아입거나, 아니면 그런 상황의 나를 그저 돕고 싶어 하는 엄마에게 그 일을 알릴 생각만은, 이유는 모르겠는데, 내가 용납할 수가 없어서, 잠자리에 들 때까지, 뜨끈뜨끈하고, 바삭하게 말라버린, 악취 풍기는 내 배설물들을, 작은 넓적다리 사이나, 엉덩이 끝에 매단 채로, 기어 다녔다. 그러다 보니 다리를 아주 넓게 벌리는 뻣뻣하고 조심스러운 그 움직임들과, 경직된 신체를 유전적인 류머티즘 탓으로 돌리는 내 설명을 그럴싸하게 만들고, 나를 아무 걱정 없는 매우 즐겁고 활기찬 사람으로 믿게 만들며, 아마도 시선을 돌리게 하는, 균형을 맞추려는 상체의 매우 유감스러운 그 흔들림이 만들어졌던 거다. 청춘의 열정은, 그 열정을 내가 발산함에 따라, 소진됐고, 그 결과 약간 이른 시기부터, 내 성격은 조급해졌고, 의심이 많아졌으며, 은신처와 수평 자세를 열렬히 원하게 됐다. 젊은 시절의 빈약한 답변들, 그건 아무 소용도 없다. 그러니 조심할 필요가 없다. 겁내지 말고 추론을 해보자, 안개가 진을 칠 테니까.

날씨는 화창했다. 나는 최대한 인도에 바짝 붙어서 길을 걸었다. 폭이 가장 넓은 인도조차도, 내가 움직이기 시작하면, 나한테는 전혀 넓지가 않고, 게다가 나는 모르는 사람들한테 폐를 끼치는 일을 몹시 싫어한다. 한 경찰관이 나를 잡아 세우고는 이렇게 말했다, 차는 차도로, 보행자는 인도로. 언뜻 『구약성서』를 읊는 줄 알았다. 그래서 나는 거의 용서를 구하다시피 하면서, 인도로 올라갔고, 표현할 수 없을 정도로 혼잡한 인도에서, 족히 스무 걸음 정도는, 몸을 지탱하다가, 한 아이를 깔아뭉개지 않기 위해, 바닥으로 몸을 던져야만 했다. 그 아이는 작은 방울들이 달린, 내 기억에는, 조그만 마구를 하고 있었는데, 지가 조랑말이나, 아니면 페르슈롱*이라고 믿는 듯싶었다, 뭐 그럴 수도 있지. 나는 그 아이를 기쁜 마음으로 깔아뭉갤 수 있었는데, 내가 애들을 너무 싫어하니까, 어떤 면에서는 그렇게 하는 편이 아이한테도 좋았을 거고, 하지만 나는 보복이 두려웠다. 모두가 친족이니까, 바로 그런 연유로 당신의 희망은 금지된다. 왕래가 잦은 번잡한 거리에는, 그 더러운 어린놈들 하며, 그놈들을 태운 유모차, 굴렁쇠, 막대 사탕, 외발 스케이트, 외발 롤러스케이트, 하부지, 하무니, 누누,** 공, 그놈들의 더러운 행복 뭐 그런 자잘한 전부를 한곳으로만 다니게 하는 전

---

* 말 품종으로서 몸집이 크고 힘이 좋으며 외양이 아름다워서 짐수레 말로 유명하다.
** 어린아이의 말로서 차례대로 할아버지, 할머니, 유모를 뜻한다.

용로를 만들 필요가 있을 거다. 나는 그렇게 넘어졌고 그러면서 번쩍거리는 금속 조각들과 레이스로 치장한, 몸무게가 200파운드 정도 되어 보이는 한 노부인을 쓰러뜨렸다. 그 노부인의 울부짖음에 사람들이 지체 없이 몰려들었다. 나이 든 부인들의 대퇴골은 잘 부러지니까, 그녀의 대퇴골도 부러졌으리라는 희망을 당연히 품고 있었는데, 충분하지 않았어, 충분하지 않았다고. 마치 내가 피해자인 것처럼, 사실 내가 피해자였으나, 그걸 증명할 길이 없었기에, 알아들을 수 없는 저주를 퍼부으며, 혼란을 틈타 도망쳤다. 아이들, 아기들은 절대로 린치를 당하지 않는데, 무슨 짓을 저지르건 간에 그놈들한테는 면죄부가 주어진다. 나라면 희열을 느끼며 그놈들한테 린치를 가할 텐데. 내 손으로 직접 하겠다는 말은 아니고, 에이 그렇게는 안 해. 나는 폭력적인 사람이 아니거든, 대신에 다른 사람들을 부추기고는 일이 끝나면 그들한테 한잔 사겠지. 그런데 뒷발질과 급선회로 사라반드*를 다시 시작하자마자, 혹시 같은 사람이 아닐까 의문이 들 정도로 모든 면에서 첫번째 경찰관과 비슷한 두번째 경찰관이 나를 잡아 세웠다. 그 경찰관은 인도는 모든 사람의 통행로라고, 마치 아주 당연히 그 범주의 사람들과 나

* 스페인이나 남아메리카에서 시작된 활발하고 열정적이며 선정적인 춤을 일컫는다.

는 같을 수가 없다는 듯이 그렇게 내게 주지시켰다. 나는 헤라클레이토스*에 대해서는 단 한순간도 생각하지 않고 말했다, 배수로로 내려가라는 말인가요? 그거야 원하는 데로 내려가세요, 그가 말했다, 단 공간을 다 차지하지는 마시고요. 두께가 적어도 3센티미터 정도 되는 경찰관의 윗입술을 보고서, 나는 거기에다 입김을 후 내불었다. 여러 사건으로 인한 끔찍한 압박으로, 깊은 한숨을 내쉬는 사람처럼, 내 생각에는, 상당히 자연스럽게, 그렇게 했다. 그런데도 그는 잠자코 있었다. 그는 분명 사체 부검이나 시체 발굴에 익숙한 경찰관이었을 거다. 모든 사람들처럼 다닐 수 없다면, 그가 말했다, 그냥 댁에 계시는 편이 좋을 겁니다, 나는 그 말에 전적으로 동감했다. 경찰관이 나한테 집이 있을 거라고 여겼다고 기분 나빠할 이유는 없었으니까. 그 순간에 뜻하지 않게 장례 행렬이 지나갔는데, 그런 일은 때때로 일어나는 법이다. 셀 수 없이 많은 손가락들이 반짝이는 동시에 모자들이 야단법석을 떨었다. 내가 직접 성호를 그어야만 했다면 콧부리, 배꼽, 왼쪽 젖꼭지, 오른쪽 젖꼭지, 그 순서에 따라 제대로 하려고 애를 썼을 거다. 하지만 그들은, 재빨리 대충 슥슥, 조금의 격식도 차리지 않고, 손은 아무렇게나 하

* 기원전 6세기 말엽의 고대 그리스 철학자. "만물은 유전한다"라는 유명한 말을 남겼다.

고 무릎에 턱을 괸 채, 일종의 십자가 형상을 뭉뚱그려 당신한테 해 보인다. 가장 열렬히 기도하는 사람들은 미동도 없이 다 들리게 중얼거렸다. 경찰관은, 한 손에 경찰모를 든 채, 두 눈을 감고, 뻣뻣한 자세로 있었다. 행렬을 이루는 여러 대의 마차 안에서 열띤 어조로 이야기를 나누는 사람들을 언뜻 보았는데, 고인이 된 남자, 아니면 여자의 생전 모습을 떠올리고 있는 게 분명했다. 고인이 남자냐 여자냐에 따라 영구 마차의 말 장식이 달라진다는 말을 들은 것도 같은데, 실제로 어떤 차이가 있는지는 전혀 알 수 없었다. 말들은 장場에라도 가듯 방귀를 뀌고 똥을 싸질렀다. 나는 무릎 꿇는 사람을 단 한 명도 보지 못했다.

　아 그런데 그걸 우리 동네에서는 후딱 해치우기 때문에, 거 마지막 여행 말이야, 걸음을 재촉해도 소용없다, 하인을 태운 마지막 마차가 당신을 놓아주면서, 일시적인 휴식은 끝이 나고, 사람들은 다시 일상으로 돌아가니, 다시 긴장해야 한다. 그래서 나는 자진해서, 세번째로 가던 길을 멈추고, 한 마차에 올라탔다. 열띤 어조로 의견을 나누는 사람들로 꽉꽉 들어찬, 좀 전에 봤던 마차들이 내게 강한 인상을 주었던 게 틀림없다. 그 마차는 커다란 검은 상자로, 그 밑에 용수철이 있어서 좌우로 흔들리고, 창문들은 작은데, 한 구석에 웅크리고 있으면, 곰팡내가 난다. 나는 내 모자가 천장에 스치는 것을 느꼈다. 잠시 후에 나는 몸을 앞으로 구부려 유리창을 닫았다. 그러고는 제자리로 돌아가, 디딤판 쪽으로 등을 기댔다. 막 잠이 들려는 찰나에 한 목소리가, 바로 마부의 목소리가, 나를 소스라치게 만들었다. 마부는 차창으로 듣기를 아마도 단념하고 마차 문을 열었던 거다. 나한테는 그의 콧수염만 보였다. 어디로 갈까요? 그가 물었다. 그걸 물어보려고 마부는 일부러 자기 자리에서 내려왔던 거다. 그것도 이미 멀리 왔다고 믿고 있던 나한테! 무슨 길이나 아니면 어떤 기념물의 이름을 떠올려보려고 애쓰면서 나는 곰곰이 생각해봤다. 마차도 파시나요? 내가 물었다. 말은 말고요, 이어서 나는 말했다. 말 한 마리로 뭘 할 수 있을까? 그러면 마차 한 대로는 뭘 할 수 있지? 이 안에서 몸이나 쭉 펴고 누울 수 있을까? 누가 먹을 걸 가져다주지? 동물원으로, 내가 대답했다. 수도들 중에 동물원이 없는 경우는 거의 없으니까. 이어서 말했다, 너무 빨리 가지는 마세요. 그가 웃었다. 동물원까지 너무 빨리 갈 수도 있다는 생각이 그를 웃긴 게 분명했다. 그게 마차가 한 대도 없을 가능성이 없었기에. 그게 마부가 천장의 그림자에 머리를 파묻고 차창에 무릎을 기대고 있는 마차 안의 나를 보고, 이게 정말 자기 마차인지, 이게 정녕 마차가 맞기는 한지 의문을 품을 수 있을 정도로, 마차를 분명 달라 보이게 만든 마차를 타고 있던 나라는 인물만의, 그저 나 자신만의 문제가 아니었기에. 재빨리 마부는 말을 쳐다보고서, 그제야 안심한다. 그런데 사람들은 자신들이 왜 웃는지, 언젠가는 스스로 알게 될까? 어쨌거나 마부의 웃음은 짧았고, 그 덕분에 나는 혐의에서 벗어난 듯했다. 마부는 마차 문을 다시 닫고 자리로 다시 올라갔다. 잠시 후 말이 움직였다.

아 그렇다니까, 그 당시만 해도 내게 약간의 돈이 여전히 남아 있었다. 아버지가 죽으면서, 조건 없이, 선물로, 남겨주었던 적은 액수의 돈, 나는 아직도 누군가가 그 돈을 훔쳐 갔던 게 아닌지 생각해본다. 그 후로는 땡전 한 푼도 없었다. 내 삶은 그런데도 그럭저럭, 게다가 어느 정도는, 내가 아는 모습 그대로 지속됐다. 구매가 완벽하게 불가능한 상황으로 볼 수 있는 그런 상태의 가장 큰 단점은, 당신이 직접 활동해야만 한다는 거다. 예컨대, 완전히 무일푼이면, 가끔씩, 자기 은신처로, 음식을 배달시키는 일 따위는 거의 할 수가 없다. 그러니까 최소 일주일에 한 번은, 밖으로 나가 활동해야만 하는 거다. 그런 처지의 사람에게 일정한 주소가 있을 리 만무하다. 그렇다 보니 나와 관련된 일로, 그들이 나를 찾은 사실을, 상당히 늦게야 알 수 있었다. 어떤 경로였는지는 더 이상 기억나지 않는다. 나는 신문도 읽지 않았고, 지난 몇 년 동안은, 음식 문제로, 아마도 서너 번 정도를 제외하고는, 남들과 수다를 떤 기억도 역시 없다. 그러니까 이러저러한 방식으로, 내가 그 일에 대한 소문을 들은 게 틀림없었는데, 그렇지 않으면 잊히지 않는 몇몇 이름들처럼 니더라는 신기한 이름의 선생님 댁에 내가 모습을 드러내는 일은 절대로 없었을 테고, 또 그가 나를 맞이하는 일도 결코 없었을 테니까. 그는 내 신분을 확인했다. 그것은 시간이 좀 걸리는 일이었다. 나는 그에게 모자 안쪽에 금속으로 새긴 내 이름의 이니셜을 보여줬는데, 그게 아무런 증명도 되지 못했지만, 개연성은 높여줬다. 서명하십시오, 그가 말했다. 그는 원기둥 모양의 자를 가지고 장난치고 있었는데, 그거로 소 한 마리는 거뜬히 때려잡을 수 있을 것 같았다. 세어보세요, 그가 말했다. 어쩌면 매춘부일지도 모르는, 한 젊은 여자가, 아마도 증인 자격으로, 그 자리에 참석해 있었다. 나는 뭉치를 주머니에다 쑤셔 넣었다. 잘못 세었네요, 그가 말했다. 그는 나한테 서명을 시키기 전에 먼저 세어보라고 했어야만 했고, 그렇게 하는 게 더 정확을 기하는 일이었을 거라고 나는 생각했다. 만약 무슨 일이 생길 경우에, 그가 말했다, 어디로 가야 당신을 만날 수 있습니까? 층계 밑에서 나는 뭔가를 생각했다. 잠시 후 나는 나한테 굴러들어 온 그 돈의 출처를 그에게 물어보고자, 내게도 사실을 알 권리가 있다고 말하면서 다시 올라갔다. 그는 잊고 있었던 한 여자의 이름을 알려줬다. 그러고 보니 내가 아직 포대기에 싸여 있을 때 그녀가 나를 무릎 위에 올려놓으면 내가 그녀를 쓰다듬으면서 애정 표시를 했던 것 같기도 하다. 때로는 그 정도면 충분하다. 내가 정확히, 포대기에 싸여 있을 때라고 말한 이유는, 그 시기를 지나면 애무하기에는, 너무 늦은 나이기 때문이다. 그래서 바로 그 돈 덕분에 당시 나는 약간의 돈을 가지고 있었다. 아주 약간. 나는 비관적인 관점으로 앞일을 내다보지 않기에, 다가올 내 삶을 위해서 따로 구분해놓은 돈은 없었다. 내가 제대로 파악한 거라면, 마부의 바로 등 뒤에 있는, 내 모자 옆 칸막이를 나는 똑똑똑 두들겼다. 먼지구름이 좌석 쿠션에서 피어올랐다. 주머니에서 돌 하나를 꺼내 마차가 설 때까지 나는 그 돌로 두들겨댔다. 대부분의 교통수단은 정차하기 전에, 서서히 속도를 줄이는데, 나는 속도가 줄지 않는 걸 알아챘다. 그럼 그렇지, 그는 급정거를 했다. 나는 기다렸다. 마차가 흔들렸다. 높은 좌석에 앉아 있던 마부가, 소리를 들은 게 분명했다. 나는 육안으로 보듯 그 말을 보았다. 말은 거의 쉬지도 못했으면서 지친 기색은커녕, 두 귀를 쫑긋 세우고, 경계 태세를 취하고 있었다. 나는 창문으로, 우리가 다시 움직이는 것을 보았다. 마차가 다시 설 때까지, 나는 다시 칸막이를 두들겨댔다. 마부가 욕을 해대며 자리에서 내려왔다. 나는 마부가 문 열 생각을 하지 못하게 창문을 내렸다. 더 빨리, 더 빨리. 보랏빛이라 해도 될 정도로, 그의 얼굴은 더 붉어졌다. 화가 나서인지, 아니면 운행 중 맞은 바람 때문인지. 나는 마부한테 오늘 하루 당신을 고용하겠다고 말했다. 마부는 3시에 장례가 하나 있다고 대답했다. 아 망자들이여. 나는 마부한테 더 이상 동물원에는 가고 싶지 않다고 말했다. 동물원으로 가지 맙시다, 내가 말했다. 그는 자기 가축 걱정에, 너무 멀지 않은 곳이라면, 어디로 가든 상관없다고 대답했다. 그러니 사람들이 우리한테 원시인들의 언어의 특성에 대해서 말하는 거다.* 나는 그에게 잘 아는 식당이 있는지 물었다. 나는 이어서 말했다, 함께 식사하시죠. 나는 이렇게 소개받은 식당에 갈 때에는 그곳 단골과 함께하기를 좋아한다. 그 식당에는 정확하게 똑같은 길이의 긴 의자 두 개가 양쪽에 놓인 기다란 식탁 하나가 있었다. 식탁을 사이에 두고 마부는 자기 인생, 자기 마누라, 자기 가축에 관해서 떠들다가, 또 자기 인생, 무엇보다도 자기 성격 탓에 고달파진 인생 이야기를 늘어놓았다. 그는 날이 좋건 나쁘건 늘 밖에 나와 있는 일이 뭘 의미하는지 아느냐고 내게 물었다. 나는 자기들을 흔들어 깨울 손님이 오기를 기다리며, 정차한 마차에서 아주 후덥지근한 하루를 보내는 마부들이 아직도 있다는 사실을 알았다. 그게 예전에는 먹혔지만, 오늘날에는, 인생 말년이라 할지라도, 이득을 보려면, 다른 방법들을 찾아볼 필

---

* 이 문장은 마부가 '말' 대신에 '가축'이라고 표현한 점을 비판하고 있다. 원시 언어에는 개별 동물들을 대표하는 총칭어가 존재하지 않았다고 베케트는 설명한다(Rina Kim, "Psychoanalysis and Ireland in Beckett's Early Fiction," *Samuel Beckett and the 'state' of Ireland*, Cambridge Scholars Publishing, 2017, p. 115 참조).

요가 있었다. 나는 내가 무엇을 잃었고 무엇을 찾고 있는지, 내 처지를 그에게 묘사했다. 우리는 둘 다, 이해하려고, 설명하려고, 최선을 다했다. 마부는 내가 내 방을 잃었고 그래서 다른 방을 구해야 한다는 부분은 알아들었으나, 나머지다른 부분들은 전연 이해하지 못했다. 그는 내가 가구 딸린방을 찾고 있다고 확신을 했는데, 그 확신으로부터 그를 끌어낼 수 있는 건 아무것도 없어 보였다. 그는 전날, 아니 어쩌면 전전날의 석간신문을 주머니에서 꺼내, 개인 매매 광고란을 훑어보고는, 대여섯 개의 광고에다가, 미래의 당첨번호를 고르느라 그 위에서 몹시도 흔들렸던 바로 그 몽당연필로 밑줄을 그었다. 그는 분명 그가 내 처지라면 표시했을 만한 광고에다가, 혹은 어쩌면 자기 가축 걱정에, 같은동네에 해당하는 광고에다가 밑줄을 긋는 것 같았다. 그곳에 발걸음 하기로 내가 동의하기 전에, 가구와 관련해서, 내방에는, 침대만 있어야 한다고, 다른 모든 가구는, 그러니까 머리맡 탁자까지도 방에서 전부 다 치워야만 한다고 마부에게 말했다면 나는 그에게 혼란만 주었을 거다. 3시경에우리는 말을 깨워서 다시 길을 떠났다. 마부는 자기 옆 좌석으로 올라오라고 권했으나, 벌써 한참 전부터 나는 마차 내부를 생각하고 있었던지라 그냥 내 자리로 돌아갔다. 우리는 그가 밑줄 쳤던 주소들을, 내 희망대로 체계적으로, 차례차례, 방문했다. 겨울의 짧은 하루가 저물어가고 있었다. 때때로 나한테는 그때가 내가 알던 유일한 날들처럼 보이고, 또 무엇보다 가장 매력적인 순간, 밤의 소인이 찍히기 직전의 순간처럼 느껴진다. 그가 밑줄을 쳤던, 아니 그보다는 서민들이 하는 식대로, 십자로 표시했던 주소들 중, 마부는 부적당한 곳으로 확인된 주소들을, 사선으로, 하나씩 지워나갔다. 나중에 그는 이미 허탕 쳤던 곳을 다시 찾아가지 않게 하려고, 신문을 가지고 있으라고 권하면서, 그 신문을 내게 보여줬다. 닫힌 유리창, 마차의 삐걱거리는 소리와 교통 소음에도 불구하고, 그 위 높은 좌석에서 오롯이 홀로 노래하는 마부의 노랫소리가 들려왔다. 그는 장례보다 나를 더 좋아했는데, 그건 영원히 지속될지도 모르는 하나의 사실이었다. 그는 노래를 불렀다. **그녀는 자기의 젊은 영웅이 잠들어 있는 지역에서 멀리 떨어져 있다네**, 이것이 내가 기억하는 유일한 구절이다. 마차가 설 때마다 그는 자리에서 내려와 좌석에서 내려오는 나를 도와주었다. 나는 그가 가리키는 문의 초인종을 눌렀고 또 가끔씩은 집 안으로 들어가 몰래 숨어 있기도 했다. 정말 오랜만에, 아주 가까이에서, 한 가정을 다시 느끼는 일이, 내 기억에, 매우 이상야릇했다. 그는 인도에서 나를 기다렸고 내가 다시 마차에 오르도록 도와주었다. 나는 그 마부가 지긋지긋해지기 시작했다. 그는 자기 자리로 다시 기어 올라갔고 우리는 다시 출발했다. 그러다 갑자기 다음과 같은 일이 벌어졌다. 그가 마차를 세웠다. 나는 멍한 상태에서 깨어나 내릴 자세를 취했다. 그런데 그가 문을 열어주고 팔을 내밀어주러 오지 않아서 나는 전적으로 혼자 알아서 내려야만 했다. 그가 초롱들에 불을 밝혔다. 나는 석유램프를, 비록 초로 불을 밝히는 것이지만, 좋아하는데, 별들을 제외하면, 내가 알았던 최초의 빛일 거다. 나는 마부한테 그가 이미 첫번째 초롱에 불을 밝혔으니까, 내가 두번째 초롱에 불을 밝혀도 되는지 물었다. 마부는 내게 성냥갑을 건넸고, 나는 경첩 위에 놓인 가운데가 볼록한 작은 보호 유리관을 열고, 불을 붙인 다음, 그 심지가 바람을 피해, 자기의 아담한 집 안에서 열기를 잘 담고, 차분하면서도 밝게 타오를 수 있도록, 바로 다시 닫았다. 나는 그런 종류의 즐거움을 누렸다. 우리는 그런 초롱들의 불빛으로, 말의 윤곽이나 희미하게 알아볼 뿐, 아무것도 보지 못했으나, 남들은 아무런 구속 없이 느긋하게 돌아다니는 두 개의 노란 점을, 멀리서도 알아보았다. 마차의 말이 방향을 바꿔 돌 때마다, 스테인드글라스처럼 가운데가 볼록하게 튀어나온 맑고 뾰족한 마름모꼴의, 때로는 붉게 때로는 푸르게 번뜩이는, 한쪽 눈이 보였다.

마지막 주소까지 확인하고 나자 마부는 내가 편히 쉴 수 있는 잘 아는 호텔로 나를 데려다주겠다고 제안했다. 그게 말이 되는 게, 마부, 호텔, 이 둘은 그럴싸한 조합이니까. 그가 추천하는 호텔이라면 손색없는 곳이겠지. 모든 게 다

갖춰져 있죠, 그가 한쪽 눈을 찡긋하며 덧붙여 말했다. 나는
이 대화의 장소를 내가 방금 나온 집 앞, 인도로 정한다. 초
롱 불빛 아래, 땀으로 축축하게 젖은 움푹 들어간 말의 허리
와 마차 문손잡이를 잡은, 모직 장갑을 낀 마부의 손이 기억
나기 때문이다. 나는 머리를 창문 밖으로 꺼내 마차 지붕 위
로 쑥 내밀었다. 나는 한잔하자고 마부한테 권했다. 말은 하
루 종일 먹지도 마시지도 못했다. 내가 그 점을 지적하니까,
그는 자기 말은 일단 마구간으로 돌아가면 먹는 일 말고는
할 일이 없을 거라고 대답했다. 만일 일하는 도중에, 사과
한 알이나 설탕 쪼가리처럼, 간에 기별도 안 가는 음식일지
라도 섭취하게 되면, 말은 복통과 설사로 멀리 가지 못할 테
고 최악의 경우에는 죽을 수도 있을 거다. 바로 그래서 마부
는 이러저러한 이유로 말을 지켜볼 수 없을 때마다, 행인들
이 말에게 친절을 베풀지 않도록, 가죽끈으로, 말의 턱을 비
끄러매야만 했다. 몇 잔 마시자 마부는 자기네 집에서 밤을
보내면, 자기와 자기 마누라한테, 영광스러운 일이 될 테니
까 부디 그렇게 해달라고 간청했다. 그의 집은 멀지 않았다.
상황을 제대로 판단하는 데 효과적이라고 정평이 나 있는
거리 두기로, 그의 말을 곰곰이 생각해보니, 내 생각에 그
마부는, 그날, 오로지 자기 집 부근만을 맴돌았던 거다. 그
부부는 뜰 안쪽 헛간 위에서 살았다. 나라면 만족했을 만한,
아주 좋은 위치다. 나한테 이상하리만치 엉덩이가 큰 자기

부인을 소개하고선, 마부는 우리 곁을 떠났다. 나와 단둘이 남자, 눈에 띌 정도로, 그 부인은 거북해했다. 나는 그런 상황에도 거북해하지 않지만, 그녀를 이해했다. 그런 상황이 끝나거나 지속되는 데에는 이유가 없다. 그렇다면, 끝나면 좋으련만. 나는 헛간으로 내려가서 자겠다고 말했다. 마부는 말렸다. 나는 우겼다. 예의상, 내가 모자를 벗는 바람에, 마부는 자기 마누라의 주의를 끌어 내 정수리에 난 종기를 보게 했다. 저런 건 없애버려야 하는데, 그녀가 말했다. 마부는 변비에서 탈출할 수 있도록 해준, 그가 상당히 존경하는 한 의사의 이름을 댔다. 그 여자가 말하길, 저 사람이 헛간에서 자고 싶다면, 헛간에서 자는 거예요. 마부는 탁자 위 램프를 집어 들고, 자기 마누라는 어둠 속에 남겨둔 채, 헛간으로 내려가는 계단, 아니 그보다는 사다리가 맞을 거야, 사다리로 앞장서서 내려갔다. 그는 한쪽 구석, 밀짚 깔린 바닥에다, 말 덮개를 깐 다음, 밤에 볼 일이 있으면 쓰라고, 성냥 한 갑을 놓고 갔다. 그사이에 말은 뭘 했는지 기억나지 않는다. 어둠 속에 누워 있으니, 말이 물 마시면서 내는 소리, 그건 정말 특별한 소리지, 쥐들이 후다닥 뛰어다니는 소리, 또 바로 위에서 나를 헐뜯는 마부와 그 여편네의 희미한 말소리가 들려왔다. 나는 성냥 한 갑을, 커다란 스웨덴제 성냥 한 갑을 손에 쥐고 있었다. 나는 밤에 일어나 성냥개비 하나를 그었다. 잠깐 타오르는 불꽃으로 마차의 위치를 알

수 있었다. 헛간에 불을 지르고 싶은 욕구가 생겨났다가 이
내 사라졌다. 어둠 속에서 마차를 찾아내고서, 그 문을 열었
더니, 쥐들이 거기서 튀어나왔고, 나는 그 안으로 올라탔다.
자리를 잡자마자 즉시 마차의 균형이 맞지 않는다는 사실을
알아차렸는데, 마차의 채를 바닥에 빼놓은 상태라, 그건 당
연한 일이었다. 그런 상태가 더 좋았던 게, 그 덕분에 머리
보다 다리를 높게 해서 반대편 좌석으로 몸을 젖힐 수 있었
다. 나는 밤중에 몇 번씩이나 차창으로 나를 바라보는 말의
시선과 콧김을 느꼈다. 고삐 풀린 말한테는 마차 안에 있는
내가 분명 이상했을 거다. 덮개를 가져올 생각을 하지 못해
서 춥긴 했으나, 그렇다고 그걸 찾으러 나갈 정도로 아주 추
운 건 또 아니었다. 차창 너머로 헛간 창문이, 점점 더 잘 보
였다. 나는 마차에서 나왔다. 헛간이 덜 어두워서, 구유, 연
장 걸이, 걸려 있는 마구, 또 뭐가 있더라, 양동이와 솔도 어
렴풋하게나마 보였다. 문으로 갔으나 그 문을 열 수 없었다.
말의 시선이 나를 좇았다. 아니 말들은 잠을 안 자나? 마부
가 예컨대 말구유 앞이나 뭐 그런 데에 말을 묶어둔 것 같았
다. 결국 창문으로 나갈 수밖에 없었다. 그건 쉬운 일이 아
니었다. 하지만 뭔들 쉬운 일이 있을까? 먼저 머리를 창밖으
로 내민 다음, 두 손을 뜰 바닥에 짚은 채로, 창틀에 낀 엉덩
이를 계속 뒤틀었다. 그러고 보니 빠져나오려고, 두 손으로,
꽉 움켜쥐고 잡아당겼던 풀밭이 기억난다. 나는 외투를 벗

추방자

어 그걸 창밖으로 던졌어야 했다, 아니 그렇게 할 생각을 했었어야 했다. 가까스로 그 뜰에서 벗어나자 나는 뭔가를 생각했다. 피곤. 지폐 한 장을 성냥갑 속에 밀어 넣고 뜰 안으로 돌아가 방금 빠져나왔던 창가에 그 성냥갑을 올려놓았다. 말이 창가에 있었다. 거리로 나와 몇 발자국 가다가 나는 다시 뜰 안으로 돌아가서 지폐를 다시 꺼내 왔다. 성냥들은 내 것이 아니라서 그냥 놔두었다. 말이 여전히 창가에 있었다. 정말 지긋지긋한 말이었다. 새벽이 어슴푸레 밝아왔다. 나는 내가 어디에 있는지 알지 못했다. 되도록 빨리 밝은 곳으로 가려고, 어림잡아, 해 뜨는 쪽으로, 방향을 잡았다. 나는 바다의 수평선이나, 사막의 지평선을 원했어야 했다. 내가 밖에 있을 때면, 아침에는, 태양을 맞이하러 가고, 저녁에는, 내가 밖에 있을 때면, 태양을 따라, 망자들의 집에까지 간다. 내가 왜 이런 이야기를 했는지 모르겠다. 얼마든지 다른 이야기를 할 수도 있었는데. 어쩌면 다음번에는 다른 이야기를 하게 될지도 모른다. 살아 있는 자들이여, 그대들은 그 이야기도 별반 다를 게 없다는 걸 보게 될 거다.

진정제

이제는 내가 언제 죽었는지 모르겠다. 언제나 내 느낌은 늙어 죽은 것 같았는데, 한 아흔 살쯤에, 참 오래도 살았네, 머리부터 발끝까지, 내 육신이 그 사실을 입증해주는 듯했다. 그런데 오늘 저녁, 얼음장같이 차가운 침대에 나 홀로 누워 있자니, 먼 육지를 떠돌아다닐 때부터, 그만큼이나 참 많이도 쳐다보았던 하늘, 바로 그 하늘이 하늘의 온갖 빛들과 함께 나를 덮쳤던 그날 또 그 밤보다도, 내가 훨씬 더 나이를 먹고 늙을 것만 같은 느낌이다. 사실 오늘 저녁은 너무 무서워서 내 육신이 썩어 들어가는 소리를 들을 수가 없고, 심장을 도는 붉은 피가 왈칵 쏟아지기를, 맹장이 회복 불가능하게 뒤틀리기를, 그리고 오래전부터 시도되었던 암살들이, 흔들리지 않는 기둥들에 가하는 공격이, 시체들과 나누는 사랑이 내 머릿속에서 실현되기를 기다릴 수가 없다. 그래서 나 자신한테 이야기를 하나 해주려고, 나를 좀 진정시키기 위해서, 그래서 나 자신한테 이야기를 또 하나 해주려고 하는데, 바로 그 이야기에서 넘어져, 도와달라고 소리치자,

도움을 받았던 그날보다도 내가 훨씬 더 나이를 먹고, 나이를 먹어, 더 폭삭 늙을 것만 같은 느낌이다. 아니면 그 이야기에서 나는 죽은 다음, 다시 지상으로 올라왔던 것일 수도 있다. 아니야, 죽은 다음, 다시 지상으로 올라오는 건, 나답지가 않아.

누군가의 집에 있었던 것도 아닌데, 어쩌다 움직이게 된 걸까? 누가 날 밖으로 내쫓았나? 아니야, 아무도 없었잖아. 동굴 같은 게 보이는데, 그 바닥에는 통조림통들이 늘어져 있다. 하지만 시골은 아니다. 들판들이 우리의 담장까지, 그들의 담장까지 이어져 있고, 밤에는 암소들이 흔적만 남은 성벽을 거처로 삼아 자는 것으로 보아, 어쩌면 그냥 평범한 폐허일 수도 있고, 어쩌면 도시 근교의 어느 한 들판에 있는 어떤 별장의 폐허일 수도 있다. 달아나면서, 너무나도 자주 은신처를 바꿨더니, 동굴과 폐허를 혼동하는 나 좀 봐. 그래도 항상 같은 도시였다. 그래서 실제로 자주 몽상에 빠질 때마다, 주택들과 공장들로 공기는 시커멓게 변하고, 전차들이 지나다니는 걸 구경하며, 풀 때문에 축축해진 당신 발아래 갑자기 포석이 드러나는 거다. 나는 어린 시절의 도시만 알고 있어서, 어쩌면 다른 도시를 본 것일 수도 있지만, 그것도 신빙성은 없다. 내가 하는 모든 말이 무효가 되니, 나는 아무 말도 하지 않으련다. 그저 배가 고파서 그랬나? 날씨가 나를 유혹했나? 내가 원하는, 흐리고 선선한 날

씨였지만, 그 정도 날씨로 나를 밖으로 나오게 할 수는 없다. 나는 단번에 일어설 수 없었지만, 두 번 만에 됐을 거라는 가정은 하지 말자, 결국 마침내 일어서서, 벽에 일단 기대면, 나는 그 상태로 계속 있을 수 있는지, 내 말은 벽에 기대어 선 채로 계속 있을 수 있는지 자문했다. 나가서 걷기, 불가능한 일이야. 나는 그 일을 마치 어제 일어난 일인 것처럼 말한다. 사실 어제라면 최근이기는 하지만, 충분치는 않다. 사실 오늘 저녁에 내가 하는 이야기는 오늘 저녁에 지금도 가고 있는 이 시간에 일어나고 있는 일이니까. 내 짐작이 맞는다면, 나는 이제 암살자들의 소굴에 있는, 그 공포의 침대에 있는 게 아니라, 양손이 묶인 채, 고개를 푹 떨군 상태로, 축 늘어져, 숨을 헐떡거리다가, 안정을 찾고, 자유를 느끼며, 도저히 그 정도로는 늙을 것 같지 않은데 그 이상으로 폭삭 늙은 채, 거기서 멀리 떨어진 내 은신처에 있는 거다. 그럼에도 불구하고 오늘 저녁에는 다른 나이가 필요하기 때문에, 그 나이가 과거의 내가 되도록 하는 나이라고 해도, 마치 신화나 옛날이야기를 하듯이, 내 이야기를 과거형으로 말할 예정이다. 아 내가 당신한테 시간을 주려는 거야, 당신이 한창일 때의 그 비열한 시간을.

여하간 조금씩 천천히 나와서, 숲을, 자, 숲 한가운데를 종종걸음으로 걷기 시작했다. 무성하게 우거진 식물들이 옛 오솔길들을 온통 뒤덮고 있었다. 나는 숨 좀 돌리려고, 나무 줄기에 몸을 기대기도 하고, 아니면 나뭇가지를 하나 붙잡아서, 내 몸을 앞으로 끌어당기기도 했다. 내가 마지막으로 지나간 흔적은 더 이상 남아 있지 않았다. 거기는 도비네에 위치한 사라져가는 떡갈나무 숲이었다. 그래서 그저 작은 숲에 불과했다. 근처가 숲 가장자리야, 누더기를 걸친 듯한, 연녹색 햇살이, 아주 작은 소리로, 그렇게 말했다. 그렇다, 그 작은 숲에서는, 어디에 있든 간에, 또 한심한 비밀들 중에서도 가장 심오한 비밀 가운데 있어도, 무슨 황당한 영원의 보증인지는 모르겠지만, 더 희미하게 빛나는 그런 햇살이 사방에서 보였다. 너무 많은 고통을 느끼지 않고, 약간의 고통만으로 죽기, 그러면 해볼 만하지, 눈먼 하늘을 앞에 두고 움푹 파일 두 눈을 스스로 감고서, 까마귀 떼가 실수하지 않도록, 서둘러 죽어 고깃덩어리가 되기. 바로 그래서 물에 빠져 죽는 게 더 좋아, 그 이점들 중 하나가, 게 떼는 절대로 너무 성급하게 달려들지 않으니까. 그 모든 건 다 구성의 문제다. 그런데 이상한 일이, 숲에서 결국 나와, 숲 주변을 흐르는 도랑을 무심코 건너고 나서, 내가 비정함을, 웃긴 비정함을 생각하기 시작했던 거다. 저녁 이슬인지 아니면 최근에 내린 빗방울인지, 물방울이 맺힌 무성한 풀밭이, 어쩌면 잔개자리 풀밭일지도, 그게 뭐라고, 내 앞에 쫙 펼쳐졌다. 그 초원 너머에, 길 하나, 그 뒤로 들판, 또 그 뒤로 마침내, 전망을 막고 서 있는 성벽들, 나는 그 모든 걸 알고 있었다.

78

아주 약간 더 밝은 하늘 위로 흐릿하게 보이는, 거대하고 들쭉날쭉한 성벽은, 내 상태와 비교해보면, 붕괴된 것처럼 보이지 않았지만, 사실은 붕괴된 상태라는 걸, 나는 알고 있었다. 이상은, 내가 알고 있었기 때문에 또 내가 싫어했기 때문에, 쓸데없이, 나에게 보였던 장면이다. 내 눈에 띈 사람은 밤색 정장을 입은 머리가 벗어진 한 남자로 재담가였다. 그는 발기불능에 관한 웃기는 이야기를 하고 있었다. 나는 하나도 알아들을 수가 없었다. 그는 사람들을 재밌게 해주려고 달팽이, 어쩌면 민달팽이, 뭐 그런 단어를 발음했다. 이런 말을 해도 되는지 모르지만, 여자들이 자신들의 댄스 파트너들보다 더 재미있어하는 것 같았다. 그녀들의 날카로운 웃음소리가 박수갈채를 짓눌러버렸고, 박수갈채가 가라앉은 후, 다음 이야기가 시작되었음에도, 여기저기서, 계속해서 터져 나와, 이야기를 방해했다. 그녀들은 어쩌면 자기들 옆에 앉아 있는, 누가 알겠어, 공인된 페니스를 생각하고, 감미로운 옆구리 옆에서 코믹한 소요에 가까운 환호성을 내질렀던 것인지도, 정말 대단한 재주다. 여하간 무슨 일이 일어나야만 한다면 그건 오늘 저녁 바로 나한테, 신화와 변신 이야기에 나오는 것처럼, 내 몸뚱이에, 아무 일도 일어난 적 없거나, 아주 미미한 일만 있었던 노쇠한 이 몸뚱이에, 주석과 수은의 합금*으로 칠해진, 그것도 서투르게 칠해진 육신의 세상에서, 뭔가와 마주친 적도, 뭔가를 좋아해

본 적도, 뭔가를 바란 적도 없었던, 평경, 곡경, 확대경, 축소경과 같은 거울들이 산산이 부서지기를, 또 그 세상이 거기에 비친 상들과 더불어 와장창 깨져 사라져버리기를 바라는 것 말고는 뭔가를 바란 적도 없었던, 늙어버린 바로 이 몸뚱이에 일어나야만 한다. 그래, 어렸을 적에, 저녁마다, 또 아버지의 건강이 좋았을 때, 나를 진정시키려고, 그게 오늘 저녁에 생각해보니 여러 해 동안, 저녁마다, 아버지가 나한테 읽어주었던 동화, 밤마다, 단도를 입에 물고, 지금은 그 이유가 생각나지 않지만, 아마도 평범한 영웅 심리로, 상어를 쫓아, 몇 해리나 되는 상당히 먼 곳까지 수영을 했던, 열다섯 살의 힘세고 근육질의 건장한 소년, 이 구절은 책에 나온 그대로다, 등대지기의 아들, 조 브림 아니면 브린으로 불리는 한 소년의 다채로운 모험들이 중심이 되고 있다는 점 말고는, 거의 생각 안 나는 그 동화에서 벌어지는 일과 같은 일이 오늘 저녁에 일어나야만 한다. 그 동화를, 아버지는 그냥 말로 해도 됐지만, 아버지는 다 외우고 있었으니까, 나 역시도, 하지만 그러면 나를 진정시킬 수 없었을 테니까, 저녁마다, 그 동화를 내게 읽어주거나, 아니면 아버지의 어깨에 기대 내가 살포시 잠이 들 때까지, 페이지를 넘기고 각 페이지에 나오는, 이미 나로 완전히 동화된 그림들을, 저녁

* 흔히 거울 안쪽에 칠해진다.

마다 그 똑같은 그림들을 설명해주면서, 나한테 그 이야기를 읽어주는 시늉이라도 해야만 했다. 아버지가 그 책의 한 글자라도 건너뛰면, 나는 내 조그마한 주먹으로, 불편한 사무복을 벗고 편하게 갈아입은 편물 조끼와 단추 풀은 바지 사이로 볼록하게 튀어나온 거대한 아버지의 배를 때렸을 거다. 지금 나에게는 출발, 대결과 어쩌면 귀환이, 도저히 그 정도로는 늙을 것 같지 않은데 그 이상으로 폭삭 늙은, 내 아버지는 그 정도로는 늙지 않았는데 그 이상으로 폭삭 늙은, 오늘 저녁의 내가 되는 이 늙은이에게는. 이런, 미래 시제들에 묶여 있는 나를 좀 봐. 나는 뻣뻣하면서도 맥 빠진 종종걸음으로, 그렇게 안 걸으면 걷지를 못했으니까, 초원을 가로질러 갔다. 내가 마지막으로 지나간 흔적이 더 이상 남아 있지 않은 걸 보면, 내가 마지막으로 지나간 지가 꽤 오래되기는 했다. 게다가 키 작은 풀들은 밟혀도, 공기와 빛만 있으면, 금세 다시 일어서고, 줄기가 꺾여도, 그 자리를 메꿔줄 다른 풀들이 워낙 금세 자라나니까. 나는 사람이라곤 코빼기도 보이지 않고, 처음 본 생물은 십자가를 지고 날아다니는 것 같은 박쥐들이 전부며, 내 발소리, 가슴에서 쿵쾅거리는 내 심장 소리, 그러고는, 궁륭 아래를 지나는 바람에 듣게 된 한 올빼미 울음소리, 밤마다, 내 작은 숲과 이웃 숲들에서, 부르고, 화답하며, 경종을 울리듯 내 오두막까지 들려오던, 매우 부드러우면서도 매우 사나운 그 울음소리

말고는, 아무 소리도 들리지 않는 '목자들'이라 불리는 문을 통해 도시로 들어갔다. 도시는, 거기로 접어들면 들수록, 그 황량한 면모로 나를 놀라게 했다. 도시는 평소처럼, 아니 상점들이 문을 닫았음에도 불구하고, 평소보다도 더 휘황찬란했다. 하긴 상점들의 쇼윈도가, 아마도 손님의 눈을 사로잡고 손님으로 하여금, 야, 이거 이거 좋다, 또 비싸지도 않네, 내일 다시 와야지, 내가 계속 살아 있으면, 이렇게 말하게 만들려고, 환하게 장식되어 있었으니까. 아, 일요일이구나, 이렇게 나는 중얼거릴 뻔했다. 전차가 다니고, 버스도 역시 다녔지만, 그 수가 매우 적었고, 마치 물속을 다니듯 아무 소리도 내지 않고, 텅 빈 채로, 슬로모션으로 움직이는 바람에. 말은 한 마리도 눈에 띄지 않았다! 나는 아버지의 외투였던, 1900년대 카 레이서가 걸치는 그런 종류의, 벨벳 깃이 달린 큼지막한 녹색 외투를 걸치고 있었는데, 그날따라 외투 소매가 완전히 떨어져 나간 탓에, 그게 그저 낙낙한 망토가 되어버렸다. 그 망토는 항상 똑같은 그 자체의 엄청난 무게로, 따뜻하게 해주지도 않으면서, 나를 늘 압박했고, 그 망토 자락은 땅을 쓸고 다녔는데, 아니 그보다는 땅을 긁고 다녔다는 게 맞을 거야, 그만큼 망토 자락이 뻣뻣했고, 그만큼 나는 오그라들었다. 그처럼 텅 빈 도시에서, 나한테 무슨 일이 일어났겠으며, 일어날 수 있었을까? 그렇긴 하지만 나는 커튼 뒤에 몸을 웅크린 채로 거리를 내다보거나, 방 안

깊숙이 들어앉아, 양손으로 머리를 감싸고, 몽상에 빠져 있는 사람들로 포화 상태가 된 터질 것 같은 집들을 감지했다. 저 위, 꼭대기에, 내 모자, 늘 한결같은 내 모자, 나는 더 멀리 가지는 않았다. 도시를 관통해서, 큰 강을 따라 하구까지 내려가 보니, 바다가 펼쳐졌다. 나는 입버릇처럼, 반신반의하며, 이렇게 말했다. 나는 곧 돌아갈 거야. 방파제에 밧줄로 고정시킨 배들이, 닻을 내리고 항구에 정박해 있었는데, 마치 평상시가 어땠는지 내가 알고 있었던 것처럼, 그 수가 평소보다 적어 보이지는 않았다. 그런데도 부두는 황량했고 그 무엇도 배들의 임박한 동태나, 출발과 도착을 알려주지 않았다. 그렇긴 하지만 모든 일은 순식간에 바뀔 수 있고, 바로 앞에서 눈 깜짝할 순간에 변화될 수 있었다. 그러면 그곳은 바닷사람들과 바다 일들로 아주 분주해지고, 내가 좋아하는 움직임, 즉 거선들에 달린 돛이 미미하게 흔들리고 작은 배들의 돛이 춤추는 듯 출렁이는 움직임이 시작되며, 끔찍하게 끼룩거리는 갈매기 떼의 울음소리와 어쩌면 선원들의 고함 소리도, 그러니까 선원들은 바다뿐만 아니라 육지에도 속하기 때문에, 공포와 분노를 담고 있고, 슬퍼하는 건지 즐거워하는 건지 정확하게 알 수 없는, 하얗게 다가오는 것 같은 그 고함 소리도 들려올 거다. 그러면 나는 출항 직전의 화물선에 측면으로 몰래 숨어 들어가, 그 배를 타고 멀리 떠나서, 저 먼 곳에서 넉넉하게 한 몇 달을, 아니면 한

1, 2년 정도를, 죽기 전에, 햇볕을 쬐면서, 평화롭게, 보낼 수도 있을 거다. 아니 거기까지는 가지 못하더라도, 미망에서 깨어난 우글거리는 군중 속에서, 나를 좀 진정시켜주는 작은 만남을 만들거나 예컨대 어느 뱃사람과 몇 마디를, 즉 내 수집품에 포함시키려고, 내 오두막으로, 내가 챙겨 올 수도 있는 그 몇 마디를 나누게 되지 못한다면, 그건 정말 이상한 일일 거다. 그래서 나는 뚜껑 없는 일종의 캡스턴* 위에 앉아서, 오늘 저녁은 일할 상황이 아니라 해도 캡스턴마저 놀리지는 않아, 이렇게 혼자 중얼거리며, 기다렸다. 그러면서 코딱지만 한 소형 보트 한 척 보이지 않는, 방파제 너머, 먼 바다를 유심히 살폈다. 벌써 어두워지자, 아니 거의 어두워지자, 수면 가까이에서, 불빛들이 보였다. 항구 입구의 멋진 표지등들이 보였고, 또 멀리, 해안들, 섬들, 곶들에서 깜박이는 다른 표지등들도 보였다. 그래도 여전히 그 어떠한 생기도 생기지 않는 걸 보고, 나는 생기 없는 그 항구에서, 그게 낯선 이별을 강요하는 장면들이 있기 마련이니까, 서글프게, 떠날 채비를, 벗어날 채비를 했다. 그 채비는 고개를 숙이고 내 발아래 땅을, 내 발 앞 땅을 쳐다보기만 하면 됐는데, 실제로 바로 그런 자세를 통해 나는 항상 거기서, 어떻게 말할까, 모르겠네, 힘을 끌어왔고, 어려운 순간에, 내게

* 닻을 감아 올리는 기계.

도움을 주었던 곳은, 하늘보다는 오히려 땅이었다. 그러면서 거기, 내가 응시하지 않았던 포석에서, 사실 포석을 왜 응시하겠는가, 시커멓고 거친 파도로 아주 위험한 상황에 처해진 멀리 있는 항구를 보았고, 내 주변을 온통 에워싸는 폭풍우와 파멸을 보았다. 여기로 다시는 돌아오지 않을 거야, 나는 혼잣말을 했다. 그런데 캡스턴 가장자리를 두 손으로 짚고 일어나 보니, 암염소의 뿔을 잡고 있는 한 소년이 내 앞에 있었다. 나는 도로 앉았다. 소년은 두려워하는 기색도 혐오하는 기색도 없이 나를 쳐다보면서 묵묵히 있었다. 날이 어두웠던 건 사실이다. 그 소년이 묵묵히 있는 모습이, 말을 먼저 건네야 하는 연장자인 나에게, 자연스러워 보였다. 소년은 맨발에 누더기를 걸치고 있었다. 그 주변을 잘 아는 소년은 기슭에 버려진 이 시커먼 덩어리가 뭔지 알아보려고 가던 길을 멈추고 내게로 온 것이었다. 나는 그렇게 추론한다. 이제는 바로 내 옆에 있으니까, 힐끗 보더라도, 어린 불한당이 알아채지 못하는 건 불가능한 일이었다. 그럼에도 불구하고 소년은 그대로 남아 있었다. 정말 내가 한 건가, 그런 비열한 짓을? 감동받아서, 사실 어떤 의미에서는, 결국 그런 이유로 밖에 나왔던 거니까, 그리고 얻을지도 모르는 하찮은 이득에 그저 눈이 멀어서, 나는 소년한테 말을 걸어보기로 했다. 그래서 할 말을 준비하고, 그 말을 내 귀로 곧 들을 수 있겠거니 생각하고, 입을 열었는데, 하려는 말을 알고 있었던 나 자신조차도 알아들을 수 없었던, 무슨 헐떡이는 소리만 들리는 거였다. 그런데 있잖아 그건 아무 것도 아니었어, 당신도 기억하지, 나는 아주 또렷한데, 지옥 들로 통하는 작은 숲에 있을 때처럼, 장시간의 침묵으로 인해 소리가 안 나온 것뿐이다. 소년은, 암염소를 놓지 않은 채, 바로 앞으로 와서, 한 1페니 정도 하는, 원뿔 모양의 종이 봉지에 담겨 있는 사탕 한 개를, 내게 내밀었다. 사탕을 받아보지 못한 지가 적어도 80년은 됐지만, 덥석 그 사탕을 받아 입안에 넣었고, 그러자 나는 예전 몸짓을 회복했고, 내가 좋아하는 사탕으로 인해, 점점 더 깊은 감동을 받았다. 사탕끼리 서로 더덕더덕 들러붙어 있어서, 바들바들 떨리는 두 손으로, 녹색 사탕을, 되는대로 집은 그 사탕을 떼어내기가 어려웠지만, 소년이 나를 도와주었고, 그러면서 소년의 손이 내 손을 가볍게 스쳤다. 고마워, 내가 말했다. 그리고 얼마 후에 소년이 자기 암염소를 끌고 가버리자, 남아 있으라고, 온몸을 크게 흔들어대면서, 소년에게 신호를 보내고서, 격렬하게 중얼거리며, 나는 이렇게 혼잣말을 했다, 꼬마야, 네 새끼 암염소를 데리고 어딜 그렇게 가니? 이 말을 입밖으로 내자마자, 수치심이 내 얼굴을 온통 뒤덮었다. 어쨌거나 좀 전에 내가 하려고 했던 말이 바로 이거였다. 꼬마야, 네 새끼 암염소를 데리고 어딜 그렇게 가니! 얼굴을 붉힐 줄 알았더라면 그리했겠지만, 피가 이제는 몸의 말단 부위까지 가지를 않았다. 주머니에 1페니라도 있었더라면, 용서를 받기 위해서라도, 소년에게 주었을 테지만, 주머니에는 1페니는커녕, 1페니 사촌 되는 것도 없었고, 인생의 가장자리에 있는, 불행한 꼬마를 즐겁게 해줄 만한 게 아무것도 없었다. 내 생각에 그날, 아무 계획 없이, 말하자면 무작정 길을 나서는 바람에, 내 수중에는 돌멩이밖에 없었던 거다. 그 소년의 아담한 몸에서 곱슬곱슬하고 숱 많은 검은 머리와 더럽기는 하지만 근육질의 기다란 맨다리의 매끈한 곡선에 시선이 가는 것은 어쩔 수 없는 일일 거다. 생기 있고 풋풋한 그 손 역시, 나는 조금도 잊지 못했다. 나는 소년에게 뭔가 다른 말을 하려고 애를 썼다. 하지만 그 말이 너무 늦게 생각나서, 소년은 이미 멀리 있었고, 오 그렇지 않아, 아니 그게 맞아. 묵묵히, 내 삶의 반경도 지나, 소년은 가버렸으니, 앞으로는 두 번 다시 나에 대한 생각은 절대로 하지 않겠지, 어쩌면 늙은이가 되어서, 자신의 유년 시절을 꼼꼼히 반추해보다가, 즐거웠던 오늘 밤을 기억해내고, 여전히 암염소 뿔을 잡은 채로, 누가 알겠어 이번에는 약간의 애정을 갖고, 심지어는 약간의 질투조차도 하면서, 내 앞에 또 잠시 머물 수도 있지, 하지만 기대는 하지 않는다. 에그 요 귀여운 불쌍한 강아지들, 너희라면 날 도와줬을 텐데. 아빠는 무슨 일을 하시니? 자, 이게 시간만 있었다면 그 소년한테 하려고 했던 말이다. 나는 엑스 자형으로 휘어져서, 양쪽으로 벌어져 있고, 앙상하게 야위어서, 느닷없는 저항에 바들바들 떨고 있는 암염소의 뒷다리를 눈으로 좇고 있었다. 순식간에 그들은 형체를 알아볼 수 없는 그저 조그만 덩어리가 되어버렸는데, 그들을 미리 알고 있지 않았다면 어린 켄타우로스*라고 여겼을 거다. 나는 그 암염소가 똥을 싸도록 해서, 아주 빨리 식어서 딱딱해진 작은 알갱이들을 한 움큼 모아, 그 향기를 들이마시고는 맛까지 보려고 했으나, 아니 그렇게 안 할 거야, 오늘 저녁에는 그런 게 도움이 안 될 테니까. 항상 똑같은 저녁이었던 것처럼, 나는 오늘 저녁이라고 말하는데, 그러면 두 개의 저녁이 있는 건가? 나는 여기로 다시는 돌아오지 않을 거야, 이렇게 되풀이해 말하는 나한테, 정말로 아무 성과가 없었던 것은 아니라서, 나는 최대한 서둘러 돌아갈 셈으로, 길을 나섰다. 다리가 아파서, 걸음을 옮길 때마다 그게 마지막 걸음이 되기를 바랐다. 그러다 재빨리 진열장을 훑는 은밀해 보이는 시선에 아스팔트 위를 미끄러지듯 움직일 것만 같은 전속력으로 가동 중인 실린더**가 포착됐다. 사실 나는 아주 빠르게 앞으로 나아갔던 게 틀림없는데, 그게 평소에는 파킨슨병 환자들조차도

---

* 그리스 신화에 나오는 반은 인간이고 반은 말인 존재를 일컫는다.
** 내연기관이나 증기기관 등에서 피스톤이 왕복운동을 하는, 둥근 통 모양의 부분.

나를 추월했건만, 그런 내가 힘도 들이지 않고, 한 사람 이상의 보행자를, 저거 봐 선두에 있던 사람들마저도, 따라잡았던 거다. 그때 나는 내 뒤를 쫓는 걸음들이 멈춘 것만 같았다. 그럼에도 불구하고 종종걸음을 옮길 때마다 그게 마지막 걸음이 되기를 바랐다. 그것도 갈 때는 알아차리지 못했던, 안쪽에 대성당이 우뚝 서 있는 한 광장으로 접어든 내가, 그 성당의 문이 열려 있으면, 그곳으로 들어가, 중세 때처럼, 잠시, 몸을 피하기로 결정했을 정도로. 나는 대성당이라고 말하지만, 그에 관해 아는 바가 아무것도 없다. 하지만 평범한 교회에 들어가 몸을 피했다는 설정은, 마지막 이야기이기를 바라는 이 이야기에서, 내 마음을 아프게 했을 거다. 나는 매력적으로 보일지언정, 나한테는 매력이 없었던, 작센의 슈트슨벡슨 양식*을 알아보았다. 대낮같이 환하게 불을 밝히고 있는 중앙 홀에는 사람이 없는 것 같았다. 나는 그곳을 몇 번이나 돌아봤으나, 살아 있는 영혼은 보이지 않았다. 어쩌면 성가대석 아래나, 아니면 청딱따구리들처럼, 기둥을 돌면서, 몸을 숨기고 있는지도 몰랐다. 갑자기 바로 근처에서, 사전 준비로 장시간 삐걱거리는 소리도 안 났는데, 파이프오르간이 자앙 크게 울리기 시작했다. 나는 성단

* "지지대를 교체하는 양식"이라는 의미의 단어로서 로마네스크식 교회 건축에서 볼 수 있는데, 두 종류의 기둥을 번갈아 세우는 것을 가리킨다.

진정제   89

앞에 깔려 있는 양탄자 위에 누워 있다가 벌떡 일어나서, 마치 나가려는 사람처럼, 중앙 홀 끝으로 마구 달렸는데, 그곳은 중앙 홀이 아니라, 측랑側廊이었고, 나를 집어삼킨 문은 내가 들어가려던 문이 아니었다. 왜냐하면 어두운 바깥으로 나가는 대신에, 나선형 계단 아래에 도달하고서는, 어느 살인광한테 바짝 쫓기는 사람처럼, 심장을 잊은 채, 전속력을 다해 그 계단을 오르기 시작했으니까. 어디서 들어오는 빛인지는 모르겠지만, 어쩌면 채광창으로 들어오는 빛이었을지도, 희미하게 빛을 받고 있는 그 계단을, 숨을 헐떡이면서 끝까지 다 오르자, 돌출되어 있는 테라스가 나왔는데, 시니컬한 난간의 빈 공간 쪽에 있는 테라스는, 납이나 청동을 입힌 작은 돔을, 아 이런, 사실이니까 괜찮아, 그런 작은 돔을 받치고 있는 표면이 매끄러운 볼록한 벽을 따라 이어져 있었다. 경치를 즐기려고 사람들은 틀림없이 그곳으로 갔을 거다. 그 정도 높이에서 떨어지면 땅에 닿기도 전에 죽으리라는 건 자명한 일이었다. 벽에 찰싹 달라붙어 있던 나는 시계 방향으로, 벽을 따라 돌아볼 결심을 했다. 그런데 가까스로 겨우 몇 발자국 떼었을 때, 최대한 조심조심, 나와 반대 방향으로 돌고 있는 한 남자와 마주쳤다. 그 남자를 밀어 떨어뜨리면 얼마나 좋을까, 혹은 그 남자가 나를 저 아래로, 밀어 떨어뜨리면 얼마나 좋을까. 그 남자는 무서워 얼이 빠진 듯한 두 눈으로 나를 잠시 응시하더니, 난간 쪽에 있는 내 앞으로 지나갈 엄두는 내지 못하고 그가 지나가기 좋게 내가 벽에서 떨어져줄 리 없으리라는 점을 이성적으로 예측하고서, 갑자기 몸을 돌려, 아니 그보다는 고개를 돌려, 등은 벽에 딱 붙이고 있었으니까, 왔던 방향으로 다시 움직였고, 얼마 되지 않아 그 남자의 왼손만 보이게 되었다. 그 손도 잠시 주춤하더니, 미끄러져 가다가, 이내 사라졌다. 결국 체크무늬의 챙 달린 모자 아래서, 이글이글 타오르던 돌출된 두 눈의 잔상만 남았다. 내가 연루되었던 그 끔찍한 일은 뭘까? 내 모자가 날아올랐지만, 끈 덕분에, 멀리 가지는 못했다. 나는 계단 쪽으로 고개를 돌려 주의 깊게 살펴보았다. 아무것도 없었다. 그러다가 한 소녀가 나타났고, 뒤이어 소녀의 손을 잡고 있는 한 남자가 보였는데, 둘 다 벽에 달라붙어 있었다. 그 남자는 소녀를 계단으로 밀었고, 자신도 뒤이어 딸려 들어가다가, 몸을 돌리더니, 고개를 들어 나를 뒷걸음치게 만든 그 얼굴을 내게 보였다. 마지막 계단 위에 걸쳐져 있는 그의 맨머리만 눈에 들어왔다. 나중에, 그들이 떠나고 나서야, 나는 불렀다. 나는 테라스를 재빨리 돌았다. 아무도 없었다. 하늘과 산이 만나는 지평선에서, 또 바다와 평야가 만나는 수평선에서, 밤마다, 사람들이 켜거나 아니면 저절로 켜진 불빛들과 혼동되지 않을 만큼, 낮게 떠 있는 약간의 별이 보였다. 충분해. 다시 거리로 나가 내가 잘 아는 곰 자리들이 있는 하늘에서 나는 갈 길을 찾았다. 누구라도 봤다면 다가갔을 텐데, 아주 끔찍한 몰골이라도 나를 막지 못했을 거다. 나는 모자를 만지작거리며 말했겠지. 실례합니다, 선생님, 실례합니다, 선생님, 부탁인데, '목자들'의 문 좀. 나는 더 이상은 갈 수 없다고 생각했지만, 가까스로 다리에 발동이 걸리자, 세상에나 엄청난 속도로, 나아갔다. 전혀 아무 성과 없이 돌아가는 건 아니었던 게, 내가 여전히 이 세상에 있기는 하지만, 어떻게 보면, 저세상에도 있다는, 확신에 가까운 그 느낌을 다시 안고서 집으로 돌아갔으니까. 그래도 그에 대한 대가는 지불했다. 대성당, 그 성단 앞 양탄자에서, 밤을 보내고, 새벽에 길을 다시 나서든가, 아니면 희망이 샘솟는 우물이라는 파란 두 눈이 내려다보는 앞에서, 진정한 육신의 죽음을 맞이하고 뻣뻣한 시체로 뻗어 있는 나를 사람들이 발견해서, 석간신문에 나에 대한 기사가 실리도록 하는 편이 더 좋았을 뻔했다. 내 살아생전에, 가본 적은 없었던 것 같지만, 어딘지 모르게 약간 낯익은 비탈진 어느 대로를 나는 내달렸다. 그러다 경사가 보이자마자 바로 방향을 틀어 다른 쪽으로 갔는데, 왜냐하면 그렇게 계속 내려가다가는 다시는 돌아가지 않겠다고 했던 바다로 다시 돌아갈까 봐 겁이 났기 때문이다. 방향을 틀긴 했으나 사실은 속도를 그대로 유지한 채 커다란 고리 모양의 곡선을 그린 것이었는데, 왜냐하면 일단 멈추면 다시는 움직일 수 없을까 봐 겁이 났기 때문이다. 그래, 나는 그 점도 겁이 났다. 그래서 오늘 저녁도 감히 멈출 생각을 하지 못하고 있다. 거리들을 비추는 조명과 그와 대조되는 거리들의 황량한 모습에 나는 점차 더 강한 충격을 받았다. 아니 그래서 내가 불안을 느꼈다는 건가, 말도 안 돼, 어쨌거나 마음을 좀 진정시키려고, 나는 그렇게 말한다. 거리에는 아무도 없었다니, 말도 안 돼, 내 경우는 그 정도까지는 아닐 거야, 사실 보통 때보다 더 이상했던 건 아니지만, 이상한, 남자와 여자의 실루엣을 내가 몇 번이나 목격했으니까. 그때 시간은, 알 도리가 없긴 했지만, 새벽 1시나 뭐 그 정도인 것 같았다. 하지만 내가 행인들의 부재나 가로등과 신호등의 갑작스러운 깜빡임에 놀랐던 점을 미루어 봐서, 밤 10시나 11시였을 수 있는 것처럼 새벽 3시나 4시였을 수도 있다. 정신 나간 사람이 아닌 이상, 그 두 상황 중 어느 하나에는, 놀라는 게 당연했으니까. 자가용은 한 대도 보이지 않았지만, 소리 없이 천천히 움직이며 속이 빈 빛의 소용돌이를 만드는 대중교통은 간간이 있었다. 잘 알다시피 우리는 머릿속에 있다 보니, 내가 괜히 그런 모순적인 상황들에 초점을 맞추고 있는 건 아닌지 후회가 들지만, 그럼에도 불구하고 나는 주목할 만한 몇몇 관찰들을 덧붙여 말해야 할 의무가 있다. 내가 만났던 인간들은 모두 혼자였고 자기 자신한테 빠져 허우적거리는 듯했다. 그게 늘 보는 흔한 모습이긴 한데, 내 짐작에 다른 뭔가와 뒤섞여 있는 것만 같다. 유일하게 본 커플은 서로 다리를 걸고 몸을 부대끼며 싸우는 두 남자들이었다. 자전거를 타고 가는 사람은 내가 본 바로는 단 한 명뿐이었다! 그 사람은 나와 같은 방향으로 가고 있었다. 방금 막 깨달은 사실인데, 교통수단들과 더불어, 모두가 나와 같은 방향으로 가고 있었다. 그 사람은 눈앞에 신문을 펼쳐놓고 그걸 두 손으로 잡고 읽으면서 차도 한가운데로 천천히 달렸다. 간간이 신문에서 눈을 떼지도 않은 채 그는 자전거 벨을 울려댔다. 나는 그 사람이 그저 지평선의 한 점이 될 때까지 눈으로 좇았다. 갑자기 한 젊은 여자가, 헝클어진 머리에, 어지럽게 풀어 헤쳐진 옷으로 보아, 아마도 매춘으로 살아가는 듯한 여자가, 토끼처럼 깡충깡충 뛰어서 차도를 가로질러 갔다. 자 이상이 내가 덧붙이고 싶어 했던 이야기다. 그런데 이상한 일이, 하나 더, 아픈 데가 한 군데도 없었던 거다, 심지어 다리도. 기운이 없을 뿐. 악몽의 하룻밤과 정어리 통조림 하나면 내 감각은 다시 살아날 거다. 내 그림자가, 여러 그림자 중 하나가, 내 앞으로 돌진하더니, 다시 줄어들고, 내 발아래로 미끄러져 들어가, 그림자라면 의당 그렇듯이, 내 뒤를 따랐다. 그 정도로 내가 불투명하다는 사실이 확실해진 것 같았다. 여하간 잊지 않으려면, 같은 걸 항상 되풀이하는 수밖에 없으니까, 자 나와 같은 인도를 사용하고, 같은 방향으로 가는, 내 앞의 한 남자를 보자. 우리 사이의 간격은 꽤 넓었는데, 적어도 일흔 걸음 정도, 그렇게 그를 놓

칠까 봐 걱정이 되어, 나는 스케이트를 신고 달리듯이, 앞으로 쏜살같이 돌진했다. 그건 내가 아니야, 나는 이렇게 말하지만, 이용해보자, 이용해보자고. 눈 깜짝할 사이에 그와의 간격을 열 걸음 정도로 줄이고 나서, 안 그래도 나라는 존재는 정말 일상적이고 힘이 하나도 없어 보이는 자세를 취해도 혐오감을 불러일으키는데, 요란을 떨며 불쑥 나타나면 얼마나 더 감정이 안 좋아질까 염려가 되어, 나는 속도를 낮췄다. 그리고 잠시 후에, 실례합니다, 선생님, 겸손하게 그와 눈높이를 맞추면서, 이렇게 말했다, 신의 사랑으로 '목자들'의 문을 좀. 가까이에서 보니, 이미 목격했던 바와 같이 자기 자신에게만 몰두하는 태도를 제외하고는, 요컨대 비교적 정상적인 사람 같았다. 나는 몇 발자국, 조금 앞으로 가서, 몸을 돌려, 고개를 숙이고, 모자를 만지작거리면서 이렇게 말했다, 은혜를 베풀어, 정확한 시간을 좀! 존재했던 것만큼이나 나는 존재하지 않았을 수도 있었다. 하지만 그러면 그 사탕은? 불! 나는 소리쳤다. 도움이 간절했는데 왜 그 남자의 길을 가로막지 않았는지 자문해본다. 그럴 수 없었을 거야, 이거 봐, 나는 그 남자를 건드릴 수 없었을 거라고. 나는 인도 가장자리에 있는 벤치를 보고 가서 앉은 다음, 발터*처

* Walther von der Vogelweide(1170?~1230?). 중세 독일의 가장 위대한 궁정 가인歌人이다. 본문은 발터의 격언, "나는 돌 위에 앉아 다리를 꼬았다"를

럼, 다리를 꼬았다. 내가 깜빡 잠든 게 분명했던 게, 갑자기 나타나 옆에 앉아 있는 한 남자. 내가 찬찬히 뜯어보는데 그 남자가 눈을 떠 나를 쳐다봤고, 자연스럽게 몸을 뒤로 뺐던 거로 봐서, 그도 내가 있는 줄 몰랐던 거다. 어디서 나오셨나요? 그 남자가 말했다. 아주 잠깐 만에 또 말을 거는 모습을 보고 나는 강한 인상을 받았다. 무슨 일이시죠? 그가 물었다. 나는 자신의 기질로 인한 문제만을 가지고 있는 사람인 양 행동하려고 했다. 미안합니다만 선생님, 모자를 약간 들어 올리고 몸을 약간 일으키면서 나는 이렇게 말했다, 불쌍히 여기시고, 정확한 시간을 좀! 그가 1시라고 말했는데, 그게 어떤 1시인지는 모르겠다, 아무것도 알려주지 않았던 1시, 그게 지금 내가 아는 전부로, 나를 진정시키지 못했던 1시. 하지만 어떤 1시는 그렇게 할 수 있었다. 알아, 나도 안다고, 그렇게 할 1시가 오겠지, 그러면 그때까지는? 무슨 말을 하셨나요? 그가 말했다. 안타깝게도 나는 아무 말도 하지 않았다. 그렇지만 잃어버린 내 길을 다시 찾도록 도와줄 수 있는지 그에게 물어보면서 그 상황을 만회했다. 아니요, 그가 대답했다, 사실 나는 여기 출신이 아니거든요, 그런데도 내가 이 돌에 앉아 있는 건 호텔들이 만원이거나 그 호텔들이 나를 받고 싶어 하지 않았기 때문이죠, 뭐라 할 말이 없

암시하고 있다. 이 자세는 베케트의 다른 작품 『몰로이』에서도 언급된다.

네요. 어쨌거나 그건 나중에 같이 생각해보고, 지금은 당신 인생 이야기나 해봐요. 내 인생을! 나는 소리쳤다. 아 그래요, 그가 말했다, 당신도 알잖아요, 그런 종류의 — 아 어떻게 말해야 할까? 그는 한참을 곰곰이 생각했는데, 인생을 어떤 종류라고 할 수 있는지 알아내려는 것 같았다. 마침내 성난 목소리로, 다시 말을 이었는데, 이봐요, 그건 이 세상 사람이면 다 아는 겁니다. 그는 팔꿈치로 나를 쿡 찔렀다. 자세하게는 말고, 그가 말했다, 큰 줄거리만, 큰 줄거리만 말해봐요. 그래도 내가 계속 잠자코 있으니까, 그럼 내 인생 이야기를 해볼까요, 그러면 이해가 될 거예요. 그가 한 이야기는 짧았고, 설명이 덧붙여지지 않은 사건들로, 복잡하게 얽혀 있었다. 자, 이게 내가 인생이라고 부르는 겁니다, 그가 말했다, 이제는, 알겠지요? 나쁘지는 않았다, 그의 이야기가, 간간이 환상적이기까지 한 게. 당신 차례예요, 그가 말했다. 그런데 그 폴린이라는 여자하고, 내가 말했다, 아직도 같이 사나요? 그래요, 그가 대답했다, 하지만 조만간 그 여자를 버리고 더 젊고 더 통통한 다른 여자하고 살 겁니다. 여행을 많이 하시는군요, 내가 말했다. 아 무지하게요, 무지하게 많이, 그가 대답했다. 그 단어들이 조금씩 울리면서 내게로 돌아왔다. 당신한테는 아마도 다 한물간 이야기겠죠, 그가 말했다. 우리와 오래 머물 생각인가요? 내가 말했다. 그 문장은 특히나 아주 잘 다듬어진 것 같았다. 실례가 안 된다면, 그가 말했다, 몇 살이세요? 몰라요, 내가 대답했다. 모른다고요! 그가 소리쳤다. 정확하게는 몰라요, 내가 말했다. 그러면 허벅지, 그가 말했다, 엉덩이, 씹구멍과 그 언저리를 자주 생각하나요? 나는 이해를 못 했다. 아 당연히 이제는 발기를 안 하겠네, 그가 말했다. 발기라고요? 내가 물었다. 좆, 그가 말했다, 좆이 뭔지는 아세요? 나는 몰랐다. 거기, 그가 말했다, 다리 사이에 있는 거. 아 이거, 내가 말했다. 그게 굵어지고, 길어지고, 딱딱해지면, 벌떡 일어서지요, 그가 말했다, 안 그래요? 나라면 그런 식의 표현은 사용하지 않았을 텐데. 그렇기는 하지만 나는 수긍했다. 바로 그런 걸 우리는 발기라고 부릅니다, 그가 말했다. 그는 골똘히 생각하다가, 놀라워! 탄성을 질렀다. 안 그래요? 사실, 내가 말했다, 이상야릇하네요. 어떻게 보면 모든 일이 다 거기에서 비롯되는 거예요, 그가 말했다. 그런데 그녀는 장차 어떻게 될까요? 내가 물었다. 누구 말이죠? 그가 말했다. 폴린, 내가 말했다. 늙겠죠, 굳게 확신하며, 그가 말했다, 똥구멍이 찢어지도록 가난하게 살면서, 고통과 회한 속에서, 처음에는 서서히, 그러다가 점점 더 빨리. 살찐 얼굴이 아니었는데, 아무리 쳐다봐도, 아주 뽀얗게 변하지는 않았지만, 정으로 눈, 코, 입만 뚫어놓은 듯이, 그 얼굴은 온통 살로 뒤덮여 있었다. 코뼈 부분의 살마저도 축 늘어져 있었다. 하기야 그 잡담들은 나한테 아무짝에도 쓸모없었다. 신발을 벗어 손에 들고 살포시 밟았을, 부드러운 잔개자리와, 그 끔찍한 빛이 닿지 않는, 내 숲의 그늘로 인해 나는 눈물이 났다. 왜 얼굴은 그렇게 찡그리고 있나요? 그가 말했다. 그는 무릎 위에 커다란 검은색 가방을 하나 올려놓고 있었는데, 내 짐작에는 산파 가방 같았다. 그가 가방을 열더니 보라고 말했다. 가방은 유리병들로 가득했다. 유리병들은 반짝반짝 빛이 났다. 다 똑같은 유리병들인지 그에게 물었다. 에이 아니죠, 그가 대답했다, 용도에 따라 다 달라요. 그는 가방에서 유리병 하나를 꺼내 내게 내밀었다. 1실링, 그가 말했다, 6펜스. 나한테서 뭔가를 바라고 있었던 걸까? 내가 그걸 사기를? 그와 같은 추측에 따라 나는 가진 돈이 없다고 그에게 말했다. 돈이 없다고! 그가 버럭 소리를 질렀다. 그러더니 한 손으로 와락 내 목덜미를 부여잡고, 손가락에 힘을 줘 꽉 조이다가, 한 번에 팍 꺾어서 나를 자기 쪽으로 자빠뜨렸다. 하지만 나를 끝장내는 대신에 그는 아주 달콤한 말들을 속삭이기 시작했고 그래서 나도 되는대로 가만히 있다 보니 내머리가 그의 품 안에서 굴러다녔다. 그 상냥한 목소리와 내목에 우악스러운 상처를 남긴 그 손가락이 이루는 대조는 실로 충격적이었다. 그런데 점차 그 두 개가 서서히 하나로 합쳐져, 내가 감히 말한다면, 내가 감히, 가혹한 하나의 희망이 되었다. 사실 내가 파악하는 한, 오늘 저녁에 나는 잃을 게 아무것도 없었다. (내 이야기에서) 내가 지금의 지점까지 아무런 변화도 없이 도달했다면, 만일에 어떤 변화가 있다면 내가 모를 리 없다고 생각하니까, 그 지점에 도달했다는 사실과, 그것만으로도 이미 대단한 거야, 아무것도 변한 게 없다는 사실이, 그 정도만 해도 감지덕지지, 그만큼 남게 되는 거다. 그렇다고 그 일들을 서둘러 처리해야 한다는 말은 아니다. 그건 아니지, 끝내는 일은 서서히, 사랑할 수 없었기에 더 이상 돌아오지 않을 거라고 말하는 발소리의 주인인, 사랑할 수 없었기에 더 이상 돌아오지 않을 사랑받는 이, 그의 발소리가 계단에서 사라지듯이, 질질 끌지는 말고 서서히 이루어져야만 한다. 갑자기 그가 나를 밀치더니 유리병을 다시 보여줬다. 모든 일은 다 여기서 비롯되었지요, 그가 말했다. 그 말은 방금 전에 했던 말과 완전히 똑같은 말은 분명 아니었다. 갖고 싶어요? 그가 물었다. 갖고 싶지 않았으나, 그의 기분을 상하게 하지 않으려고, 그렇다고 나는 말했다. 그가 교환을 제안했다. 당신 모자를 나한테 줘요, 그가 말했다. 나는 거절했다. 아 열 받아! 그가 외쳤다. 나는 아무것도 가진 게 없어요, 내가 말했다. 거 주머니를 뒤져봐요, 그가 말했다. 나는 아무것도 가진 게 없는데, 내가 말했다, 빈손으로 나왔다고요. 구두끈이라도 하나 줘요, 그가 말했다. 나는 거절했다. 긴 침묵. 그럼 나한테 뽀뽀를 한번 해주면 줄게요, 마침내 그가 말했다. 나는 뽀뽀를 많이들 한다는 사실을 알고 있었다. 모자를 좀 벗어줄 수 있어

요? 그가 말했다. 나는 모자를 벗었다. 아 다시 써요, 그가
말했다, 쓰는 게 더 낫네요. 그는 한참을 생각했는데, 참 신
중한 사람이었다. 자, 그가 말했다, 나한테 뽀뽀를 하세요,
그리고 더는 왈가왈부하지 맙시다. 그는 거절당할까 봐 겁
을 먹었던 게 아니었을까? 아니야, 뽀뽀는 구두끈이 아니니
까, 대신에 거의 사라진 내 호색적인 기질을 그가 내 얼굴에
서 읽어냈던 게 분명해. 하세요, 그가 말했다. 나는 털에 가
려진 내 입을 쓱 닦고서, 그의 입을 향해 쭉 내밀었다. 잠깐,
그가 말했다. 나는 비상을 멈췄다. 뽀뽀가 뭔지는 아세요?
그가 물었다. 그럼요, 알아요, 내가 말했다. 실례가 안 된다
면, 그가 말했다, 마지막으로 뽀뽀를 한 게 언제입니까? 얼
마 안 됐어요, 내가 말했다, 아직은 뽀뽀를 할 줄 알아요. 그
는 자기 모자, 중산모자를 벗고, 이마 한가운데를 가볍게 톡
톡 두들겼다. 여기에다, 그가 말했다, 다른 데는 말고. 그는
하얗고 넓은 예쁜 이마를 가지고 있었다. 그는 몸을 구부리
고서 눈을 살며시 감았다. 빨리, 그가 서둘렀다. 나는 엄마
가 가르쳐준 대로, 입을 닭 똥구멍같이 만들어서 지정된 장
소에 갖다 댔다. 됐어요, 그가 말했다. 그는 그쪽으로 손을
올렸으나, 그 동작을, 마무리 짓지는 않았다. 그는 다시 모
자를 썼다. 나는 몸을 돌려 맞은편 인도를 바라보았다. 우리
가 말고기 정육점 맞은편에 앉아 있다는 사실을 바로 그때
알아차렸다. 자, 그가 말했다, 가져요. 나는 그 유리병은 더

이상 생각하고 있지 않았다. 그가 일어섰다. 일어선 그는 키가 아주 작았다. 주는 게 있어야 받는 거고, 흡족한 밝은 미소를 지으며, 그가 말했다. 그의 이에서 빛이 났다. 나는 멀어져가는 그의 발소리를 들었다. 고개를 다시 들었을 때 주변에는 아무도 없었다. 이다음은 어떻게 말해야 할까? 하지만 이게 끝이잖아. 아니면 내가 꿈을 꿨나? 나는 꿈을 꾸고 있는 건가? 아니, 아니야, 그렇지 않아, 자 이게 내 대답이야, 꿈은 아무것도 아니잖아, 하나의 장난이지. 그런데 그게 또 대단한 의미를 지니잖아! 나는 말했다, 날이 밝을 때까지, 여기 그냥 있어, 전등들이 꺼지기를, 거리에 생기가 돌기를, 자면서, 기다려. 필요하면 경찰관한테라도, 네 길을 물어보는 거야, 경찰관은 자기가 한 서약을 깨지 않으려면, 네게 정보를 제공해야만 할 테니까. 그러나 나는 일어나 떠났다. 내 고통들이 돌아왔는데, 몸을 웅크릴 수 없게 하는 뭔지 모를 평소와 다른 뭔가를 가지고 돌아왔다. 그럼에도 불구하고 나는 때때로 이렇게 말했다, 점차 네 자신으로 돌아가고 있는 거야. 발걸음을 옮길 때마다 전례 없는 정태靜態적 동태動態라는 문제를 풀어내는 것 같은, 느리고, 뻣뻣한, 내 걸음걸이만 그저 봐도, 나를 아는 사람이라면, 나를 알아봤을 거다. 길을 건너서 정육점 앞으로 갔다. 창살 뒤 커튼이, 성모 마리아 색깔인 흰색과 파란색의 줄무늬 바탕에 장밋빛의 큰 점들이 찍혀 있는 조잡한 커튼이 닫혀 있었다. 하지만 가운데가 잘 맞물려 있지 않아서 나는 그 틈으로 갈고리에 거꾸로 매달려 있는 속을 비워낸 말고기 덩어리들을 어둠 가운데서 희미하게나마 알아볼 수 있었다. 그늘에 굶주린 나는 벽에 바짝 붙어서 갔다. 모든 게 순식간에 다 끝나게 되면, 전부 다시 시작되어야 한다는 점을 생각할 것. 그런데 공공장소에 있는 대형 시계들 말이야, 공기에 실려 와, 내 숲까지 와서, 내 따귀를 사정없이 세게 때렸던 그 시계들한테, 결국 무슨 일이 생겼나? 또 뭐? 아 그래, 내 전리품. 나는 폴린을 생각하려고 했지만, 그녀는 나를 피해 달아났고, 그저 좀 전에 봤던 젊은 여자가 전광석화처럼 한순간 번쩍 그녀처럼 보였을 뿐이다. 암염소에게도 생각이 미쳤으나 멈춰 설 수 없어서 애석해하며 그냥 스쳐 지나갔다. 그런 식으로, 노쇠한 육신에 파묻혀, 출구를 향해 가다가, 여기저기, 육신의 한계를 전부 넘어버리면서, 또 정신으로서 이거저거를 열망하지만 결국은 항상 아무것도 없는 곳으로 보내지는 나는, 끔찍한 빛 속으로, 들어갔다. 그럼에도 불구하고 그 소녀한테 잠깐 달라붙는 데 성공했고, 그래서 그 소녀가 보닛 같은 모자를 쓰고 있었고 아무것도 잡지 않은 손으로 어쩌면 기도서일지도 모르는 책 한 권을 든 것 같다는 식으로, 조금 전보다는 그 소녀를 조금 더 잘 알아볼 수 있는 시간을, 또 그녀를 미소 짓게 하려고 애써보는 시간도, 그러나 그녀는 웃지 않았고, 그러나 그녀는 자신의 조막만 한 얼굴도 내게 보여주지 않은 채, 계단으로 삼켜졌다. 나는 멈춰야만 했다. 처음에는 아무것도 없더니, 조금씩, 그러니까 침묵을 벗어나서 부풀어 오르더니 금방 안정된 상태에 이른, 어쩌면 나를 지탱하는 집으로부터 생겨난, 하나의 유형을 이루는 다량의 속삭임. 그로부터 집들에는 사람들이, 포위당한 사람들이 가득했다는 사실을 나는 기억해냈다, 아니 그렇지 않아, 나는 아는 바가 없어. 창문들을 바라보려고 뒤로 물러서자, 덧창, 블라인드와 비밀스러운 커튼에도 불구하고, 무수히 많은 방들에 불이 켜져 있다는 사실을 알 수 있었다. 그 불빛은 대로를 가득 채우는 불빛에 비해 너무 희미해서, 그 안쪽 상황을 잘 알고 있지 않거나, 그 상황을 의심해보지 않으면, 모두가 자고 있다고 추측해버릴 수 있었다. 떠들썩한 소리는 쭉 이어지지 않고 아마도 놀라서 갑작스럽게 생긴 침묵들로 중간에 뚝뚝 끊어지는 식으로 이어졌다. 나는 초인종을 눌러 아침까지 머물 수 있는 임시 거처와 보호를 부탁해볼 참이었다. 그런데 저거 봐 내가 다시 걷고 있잖아. 게다가 조금씩, 완만하면서도 민첩하게 내려오는 어둠, 그 어둠이 내 주변에 깔리고 있었다. 무리 지어 만발한 채 반짝이던 꽃들이, 연속적으로 옅어져가는 매혹적인 색조에 묻혀, 빛을 잃어가는 게 보였다. 모든 집의 정면마다, 커튼과 블라인드에 따라, 노란색, 연두색, 분홍색의 줄무늬와 민무늬의 정사각형과 직사각형들이, 서서히 피어나는 모습에, 나도 모르게 감탄하고 그 광경이 예쁘다고 생각하는 자신을 문득 깨달았다. 그러다가 마침내, 황소처럼, 무릎을 먼저 털썩 꿇은 다음, 앞으로 엎어지면서, 쓰러지기 직전에, 나는 군중들 가운데 있었다. 나는 의식을 잃지는 않았는데, 내가, 내가 의식을 잃게 된다면 그건 의식을 도로 되찾기 위해서는 아닐 거다. 사람들의 배려는 분명 감동적이었다, 나를 밟고 지나가는 일은 가능한 한 피하면서도, 나한테 주의를 기울이지는 않았는데, 바로 그 맛에 내가 나왔던 거다. 인간들의 발아래서, 밤과 고요함에 잔뜩 젖어도, 만일 날이 밝는다면 빛의 심연의 밑바닥에서도, 나는 잘 있었다. 그러나 현실은, 너무나 피곤해서 적절한 말을 찾을 수가 없다, 그래 지체 없이 원래대로 돌아왔고, 군중들이 물러가면서, 빛이 돌아온 덕에, 조금 전에 경탄을 불러일으켰던 바로 그 빈터로 내가 돌아와 있는지 알려고 아스팔트에서 굳이 고개를 들 필요가 없었다. 친근해진 아니면 적어도 아무 감정 없는 그 포석에 누운 채, 여기 그냥 있어, 나는 말했다, 눈을 뜨지 마, 사마리아인이 오기를, 아니면 날이 밝기를 그래서 경찰관들이 아니면 또 알아 어느 구세군이 오기를 기다려. 그런데 참 나는 또다시 일어나더니, 계속해서 오르막길인 대로를 따라, 내 길도 아닌 길을 또 가기 시작했다. 다행스럽게도 브림인가 브린인가 하는 불쌍한 아버지는 나를 기다리고 있지 않았다. 나는 말했다, 바다는 동쪽이야, 그러니까 북쪽에서 왼쪽, 즉 서쪽으로 가야만 해. 곰 자리들을 찾아볼까 해서, 기대 없이 눈을 들어 하늘을 쳐다봤으나, 아니나 다를까 쓸데없는 짓이었다. 나를 에워싼 빛 때문에 별들이 보이지 않았으니까, 잔뜩 꼈던 구름들을 생각하면, 의심스러운 가정이기는 하지만, 만약에 별들이 하늘에 떠 있었다면 말이다.

끝

그들이 옷도 입혀주고 돈도 줬다. 나는 그 돈의 용도를 알고 있었는데, 그 돈으로 나를 내보내려는 게 틀림없었다. 그 돈을 다 썼는데도, 내가 계속하기를 원하면, 나는 또 돈을 구해야만 할 거다. 구두도 그래, 구두가 닳았는데도, 내가 계속하기를 원하면, 구두를 수선하거나, 아니면 다른 구두를 마련하거나, 아니면 맨발로 그냥 다니는 거다. 윗도리랑 바지도 마찬가지지만, 그들이 이런 말까지 나한테 할 필요는 없었는데, 내가 원하기만 하면, 윗도리를 입지 않고도 계속할 수는 있을 거다. 옷가지들은 구두, 양말, 바지, 셔츠, 상의와 모자로 전부 새것이 아니었는데, 그 시체의 신체 사이즈가 나와 얼추 비슷했던 게 틀림없었다. 정확하게 말해 그 옷가지들이 처음부터 끝까지 나한테 맞지 않았던 것으로 봐서, 그 시체가 나보다 약간 더 작고, 약간 더 말랐던 게 틀림없었다. 유독 셔츠가 잘 안 맞아서, 나는 오랫동안 셔츠의 깃을 여밀 수가 없었고, 그러니 장식깃도 달 수 없었고, 어머니가 보여주었던 것처럼 다리 사이로 셔츠의 앞뒤 자락

끝

을 모아서 핀으로 고정시킬 수도 없었다. 그 시체는, 더 이상 버틸 수가 없어서, 아마도 난생처음으로, 진찰을 받으러 가려고 옷을 차려입었던 게 틀림없었다. 어쨌거나, 모자는 중산모자였고, 상태도 좋았다. 당신 모자는 도로 갖고 가시고 내 모자를 돌려줘요, 내가 말했다. 아 그리고 내 망토도 돌려줘요, 나는 덧붙여 말했다. 그들은 다른 내 옷가지들과 함께, 그것들을 태워버렸다고 대답했다. 나는 그때, 드디어, 곧, 정말로 곧 끝날지도 모른다는 사실을 깨달았다. 그래서 나는 그 모자를 캡이나, 얼굴 전체를 덮을 수 있는 펠트 모자와 맞바꾸려고 했으나, 큰 성과를 보지는 못했다. 여하간 내 머리 상태로는 모자를 쓰지 않은 채 나다닐 수가 없었다. 그 모자는 처음에는 너무 작았으나, 나중에는 길이 들어 쓸 만했다. 그들은 긴 의논 끝에, 나한테 넥타이를 하나 주었다. 그 넥타이가 멋있어 보이기는 했으나, 내 맘에는 들지 않았다. 마침내 그걸 받았을 때 나는 너무 피곤해서 돌려보낼 기력조차 없었다. 그런데 그 넥타이도 결과적으로는 쓸모가 있었다. 넥타이는 파란색으로, 그 위에 작은 별 모양 같은 게 여러 개 있었다. 내가 느끼기에 내 몸 상태는 좋지 않았는데, 그들은 내 상태가 상당히 좋다고 말했다. 그들이 대놓고 언젠가는 좋아질 상태만큼이나 내 상태가 좋다고 말하지는 않았지만, 그런 건 말하지 않아도 알 수 있는 법이다. 내가 침대 위에 꼼짝 않고 누워 있어서 바지 하나 입히는 데 여자 셋이 달려들어야만 했다. 그녀들은 내 물건에 큰 관심을 보이지 않는 것 같았는데 사실 뭐 특별히 볼만한 건 없었다. 하기야 나조차도 내 물건에 관심이 없었으니까. 그래도 대수롭지 않은 말이라도 했을 법한데 말이야. 그 여자들이 바지를 다 입히자 나는 일어나서 나머지 옷을 마저 챙겨 입었다. 그 여자들은 나보고 침대에 앉아서 기다리라고 했다. 침구가 몽땅 없어졌다. 유황 내 나는 그따위 옷을 입고, 추위에 덜덜 떨며, 서서 기다리게 할 바에는, 차라리 정든 침대에서 기다리게 해줄 일이지, 그렇게 해주지 않았던 그 여자들한테 화가 났다. 그래서 나는 말했다, 침대에 그냥 끝까지 있게 해도 됐잖아. 작업복 차림의 사내들이, 손에 망치를 들고, 들어왔다. 그들이 침대를 때려 부수고는 그 조각들을 가지고 나갔다. 그 여자들 중 한 명이 그들을 따라 나가서 내 앞에 놓을 의자를 하나 집어 왔다. 화난 척한 게 제대로 먹힌 것이었다. 그래도 침대에 그냥 내버려 두지 않아서 내가 얼마나 화가 나 있는지 그 여자들한테 제대로 보여주기 위해 나는 발로 그 의자를 걷어차버렸다. 한 남자가 들어와서 자기를 따라오라는 신호를 보냈다. 현관에서 그 남자는 서명이 필요한 서류 한 장을 내밀었다. 이게 뭡니까, 내가 말했다, 통행증? 당신이 옷가지와 돈을 받았다는 사실을 증빙하는, 그가 말했다, 영수증입니다. 무슨 돈? 내가 말했다. 그제야 나는 돈을 받았다. 하마터면 땡전 한 푼 없이

끝

떠날 뻔했다는 생각을 하며. 다른 큰 액수들과 비교하면 크
진 않았지만, 나한테는 거액처럼 느껴졌다. 견딜 만했던 무
수한 시간을 함께해온 동반자들, 그만큼 친숙한 물건들이
눈에 띄었다. 예를 들면, 그 어떤 물건들보다 가장 친숙한
타부레.* 침대로 들어갈 시간을 기다리며 함께 보낸 기나긴
오후들. 가끔씩 나는 나 자신을 오래 묵은 나뭇조각에 불과
하다고 여길 정도로 타부레가 가지고 있는 나무의 생명력이
내게로 엄습해오는 것을 느꼈다. 타부레에는 내 낭종囊腫을
배려한 구멍까지 있었다. 그다음에는 고뇌에 빠질 때마다
한쪽 눈을 바짝 갖다 대면 실패한 적이 거의 없는, 반투명
테이프가 떨어져 나간 창유리의 한 부분. 고맙소, 내가 말했
다, 헌데 나를 발가벗겨서 땡전 한 푼 없이 거리로 내쫓지
못하게 하는 무슨 법이라도 있는 게요? 그러면 손해를 보는
건 결과적으로 우리니까요, 그가 대답했다. 그들이 어떻게
나를 좀더 돌봐줄 방법은 없을까요, 내가 말했다, 그러면 나
도 쓸모 있는 인간이 될 수 있을 텐데. 쓸모 있는 인간이라,
그가 말했다, 진심으로 쓸모 있는 인간이 되고 싶기는 한 겁
니까? 잠시 후 그가 다시 입을 열었다, 그들이 쓸모 있는 인
간이 되고 싶어 하는 의지가 당신한테 정말로 있다고 믿는
다면, 그들은 당신을 돌봐주겠죠, 나는 그러리라고 확신합

* 팔걸이와 등받이가 없는 의자다.

니다. 나는 쓸모 있는 인간이 되겠다, 되풀이하지 않겠다고
수도 없이 말해왔다. 나 자신이 얼마나 나약하게 느껴졌던
가! 이 돈, 내가 말했다, 어쩌면 이 돈을 도로 챙기고 싶어서
그들이 나를 좀더 돌봐주려고 할지도 모르잖아요. 여기는
자선 기관입니다, 그가 말했다, 그리고 그 돈은 당신의 출발
을 위해서 우리가 마련한 선물이고요. 그 돈을 다 써버린 다
음에도 계속 살기를 원한다면 당신은 돈을 또 구해야만 할
겁니다. 어쨌거나 여기로는 두 번 다시 오지 마세요, 당신은
더 이상 받아들여지지 않을 테니까요. 그리고 우리 지부들
도 당신을 거절할 겁니다. 에젤망!* 나는 소리쳤다. 이런 이
런, 그가 말했다, 게다가 우리는 당신이 하는 말 중 10분의
1은 무슨 소린지 알아듣질 못해요. 내가 많이 늙었으니까,
나는 말했다. 그렇게까지 많이 늙지는 않았습니다, 그가 말
했다. 비가 그칠 때까지만이라도, 내가 말했다, 여기서 잠깐
머물게 해주겠소? 회랑**에서 기다릴 수는 있어요, 그가 말

* 갑자기 튀어나온 단어, 'Exelmans'은 파리 16구에 있는 지하철 9호선의
역 이름이다. 1922년에 만들어진 이 역은, 레미 조제프 이시도르 에젤망
Rémy-Joseph-Isidore Exelmans(1775~1852) 장군의 이름을 역 이름으로
취하면서 그의 공적을 기념하고 있다. 여하튼 이 단어는 여기서 욕설 같
은 느낌도 주고 비꼬는 듯한 느낌도 준다. 고유명사로 쓰이는 경우 외에
사전에는 없는 단어로서, 노화로 인한 화자의 부정확한 발음을 보여주기
도 한다.

끝

III

했다, 비는 하루 종일 그치지 않을 겁니다. 6시까지는 회랑에서 기다릴 수 있어요. 종소리가 들릴 겁니다. 누가 당신한테 물어보면 회랑에서 비를 피할 수 있게 허락을 받았다고 말하기만 하면 될 겁니다. 누구의 이름을 대야 합니까? 내가 물었다. 위어, 그가 말했다.

회랑에 있은 지 얼마 되지 않아 비가 그치고 해가 났다. 해는 낮게 떠 있어서 계절을 고려해봤을 때 머지않아 곧 6시가 되리라고 나는 추측했다. 회랑 뒤로 져가는 태양을 궁륭 아래서 바라보면서 나는 그곳에 있었다. 한 남자가 갑자기 나타나더니 뭘 하고 있냐고 물어봤다. 무엇을 도와드릴까요? 자 이게 그가 했던 말이다. 참 친절한 사람. 나는 6시까지 회랑에 있어도 된다는 허락을 위어 씨한테 받았다고 대답했다. 그는 떠났다가 곧장 돌아왔다. 그사이에 위어 씨한테 물어봤는지, 그가 말했다, 비가 그쳤으니 이제는 회랑에 계시면 안 됩니다.

이제 나는 정원을 가로질러 가고 있었다. 너무 늦은 감이 있었지만 해가 나고 하늘이 개었을 때 하루 종일 지겹게 내린 비를 마감하는 기이한 빛이 만들어졌다. 땅이 한숨을 내쉬듯 소리를 내고 마지막 빗방울이 구름 한 점 없는 텅 빈

** 중세 유럽의 수도원과 같은 종교 건물에서 안뜰의 가장자리에 있는, 콜로네이드 또는 아케이드가 둘러 있는 복도다.

하늘에서 똑똑 떨어진다. 한 남자아이가, 두 손을 내밀어보고 고개를 들어 푸른 하늘을 바라보며, 어떻게 이럴 수 있는지 자기 어머니한테 물었다. 입 닥치고 있어, 남자아이의 어머니가 대답했다. 불현듯 위어 씨한테 빵 한 조각만 달라고 부탁하는 일을 까먹었다는 게 생각났다. 그는 틀림없이 줬을 텐데. 현관에서 이야기를 나누었을 때만 해도 나는 생각하고 있었다. 먼저 우리 이야기를 다 끝낸 다음에 부탁해보자, 나는 속으로 벼르고 있었다. 나는 그들이 나를 돌봐주지 않으리라는 점을 잘 알고 있었다. 하마터면 왔던 길로 되돌아갈 뻔했지만, 나는 관리인들 중 한 명이 위어 씨는 이제 두 번 다시 볼 수 없을 거라고 말하며 나를 붙잡을까 봐 두려웠다. 그렇게 되면 나만 더 서글퍼질 수 있었다. 게다가 나는 절대로 그만한 일로 가던 길을 멈추고 되돌아가는 인물이 아니었다.

거리에서 나는 길을 잃었다. 그쪽 지역에 발을 들여놓은 지가 하도 오래된 데다 도시도 많이 달라진 것 같았다. 그 많던 건물이 깡그리 사라졌고, 울타리들의 위치도 변했으며, 어디서도 본 적 없고 발음하는 데도 꽤나 애를 먹었을 법한 대문짝만한 상인들의 이름이 도처에서 보였다. 어떤 거리들은 본 기억이 없고, 그나마 기억나는 거리들 중 몇몇은 없어졌고 어떤 거리들은 그 이름이 완전히 바뀌었다. 그래도 전반적인 인상은 예전과 동일했다. 내가 그 도시를 잘

끝

몰랐다는 것은 사실이다. 그 도시는 어쩌면 완전히 다른 도시일 수도 있었다. 사실 나는 내가 어디로 가는 건지 알지 못했으니까. 치여 죽을 뻔한 상황에서 용케도 벗어나는 큰 행운을, 여러 번, 나는 누릴 수 있었다. 나는 건강에 아주 좋은 악의 없는 활기찬 그 웃음으로, 언제나 웃음을 불러일으켰다. 나는 되도록 오른쪽, 붉어진 하늘 쪽으로 최대한 가려고 하다가 결국 강에 도착했다. 언뜻 보기에는, 그곳에 있는 모든 게 예전 모습을 그런대로 간직하고 있는 듯이 보였다. 그러나 좀더 가까이에서 보면 분명 많은 변화를 발견할 수 있었겠지. 나중에 내가 한 일이 바로 그 변화를 확인하는 거였다. 그래도 강둑 사이와 다리 밑으로 흐르는 그 강의 전반적인 풍경은 변하지 않았다. 특히나 강물은, 여느 때와 다름없이, 잘못된 방향으로 흐르는 것처럼 보였다. 그런데 이상은, 내 느낌에, 전부 다 거짓말 같다. 내가 즐겨 앉던 벤치는 변함없이 그 자리에 있었다. 벤치는 앉을 때 벤치와 맞닿는 신체 부위의 굴곡 모양으로 우묵하게 파여 있었다. 그 벤치는 물통 옆에 있었는데, 거기에 새겨진 글귀에 따르면, 물통은 맥스웰이라는 어느 부인이 도시의 말들을 위해서 기증한 선물이었다. 내가 벤치에 앉아 있는 동안 말 몇 마리가 그 기증품을 이용했다. 달가닥거리는 편자와 철걱철걱하는 마구의 걸쇠 소리가 들려왔다. 그러고는 정적. 나를 쳐다보았던 존재는 바로 말이었다. 그러고는 다시 자갈들이 부딪히는 소리. 그러고는 다시 정적. 말이 물을 다 마실 때까지 아니면 말이 물을 충분히 마셨다고 마차꾼이 판단할 때까지. 말들은 가만히 있지를 못했다. 한번은, 소리가 멈춰, 돌아보다가, 나를 쳐다보는 말과 눈이 마주쳤다. 마차꾼 또한 나를 쳐다보고 있었다. 맥스웰 부인이 자신이 기증한 물통이 도시의 말들에게 그처럼 요긴하게 쓰이는 걸 볼 수 있었다면 흡족해했을 텐데. 아주 긴 황혼 끝에, 어둠이 찾아오자, 나는 불편한 모자를 벗었다. 이왕이면 장밋빛 전등갓을 씌운, 되도록이면 석유램프로, 인공적으로 불을 밝힌, 따뜻하고 텅 빈 폐쇄된 공간에, 나는 다시 갇히고 싶었다. 그러면 내가 잘 있는지 필요한 것은 없는지 누군가가 가끔씩 확인하러 와보겠지. 하도 오랫동안 무언가를 진심으로 바란 적이 없다 보니 그런 소망이 나한테 일으킨 효과는 끔찍했다.

그로부터 수일을 별 성과 없이 집 몇 군데를 돌아다녔다. 가장 흔하게는 선불로 1주일치, 아니 2주일치까지 방세를 지불하겠다고 말하며 돈을 보여주는데도, 사람들이 나를 문전박대했다. 최대한 예의를 갖춰, 미소를 지으며, 또박또박 말해도 소용이 없었던 게, 청산유수 같은 내 말이 채 끝나기도 전에 사람들은 면전에서 문을 꽝 하고 닫아버리기 일쑤였기 때문이다. 나는 그 시기에 더 완전해진 방식으로 천하거나 불손하지 않고 정중하면서도 품위 있게 나 자신을 드러낼 수 있었다. 나는 재빠르게 모자를 앞으로 쭉 미끄러

끝

뜨렸다가, 내 머리통을 볼 수 없게 잠시 정지시키고는, 같은 동작으로 모자를 미끄러뜨려서 다시 제자리에 갖다 놨다. 언짢은 인상을 주지 않으면서 자연스럽게 그런 동작을 하는 게 쉬운 일은 아니다. 모자에 손을 대는 것만으로도 충분하다고 판단되었을 때는, 나는 당연히 그렇게만 했다. 하지만 자기 모자에 손을 대는 것도 쉬운 일은 아니다. 그 후에는, 어려운 시기에 처할 때마다 아주 중요한 문제로 부각되는 그런 문제를, 낡은 영국 군모를 쓰고 군대식으로 경례하면서 해결했는데, 아니지, 이건 거짓말이야, 요컨대, 모르겠다, 어쨌거나 나는 내 모자를 가지고 있었다. 나는 훈장들을 달고 다니는 과오는 절대로 범하지 않았다. 몇몇 여자들은 돈이 너무나 급해서 지체 없이 나를 들여보내고 방을 보여주었다. 그러다 드디어 어느 지하실에다 내 거처를 마련할 수 있게 되었다. 그녀하고는 합의를 빨리 볼 수 있었다. 나의 특이한 점들이, 이게 그녀가 사용한 표현인데, 그녀를 겁나게 하지 않았던 거다. 그런데 우리의 합의에도 불구하고 그녀는 내가 요구했던 대로 한 달에 한 번이 아니라, 일주일에 한 번 침대를 정돈하고 방을 청소하겠다고 고집을 부렸다. 그녀는 청소하는 동안, 빨리 끝나겠지만, 나보고 옆에 있는 작은 안뜰에서 기다리면 된다고 말했다. 그리고 자기는 배려심이 큰 사람이어서, 날씨가 나쁠 때는 나를 절대로 밖에 두지 않을 거라고 덧붙였다. 내 생각에, 그 여자는 그리스인 아니면 터키인이었다. 그 여자는 자기 자신에 대해서는 입도 뻥긋하지 않았다. 그러다 보니 과부거나 아니면 적어도 버림받은 여자라는 생각이 들었다. 그녀의 악센트는 이상했다. 하기야 나도 그렇기는 하지, 모음을 동화하고 자음을 없애는 바람에.

이제 나는 내가 어디에 있는지 더 이상 알 수 없었다. 한 6층이나 7층 정도 되는 큰 집일 거라는 어렴풋한 인상은 갖고 있었지만, 아니다, 사실 그런 인상조차 갖고 있지 않았어, 아무것도 본 게 없었으니까. 그 집은 다른 집들과 서로 들러붙어 있는 것 같았다. 내가 도착했을 때는 황혼 녘이었고, 만일 내가 그 동네에 갇혀버릴 수도 있다는 의심을 했다면 아마도 그 동네를 주의 깊게 살펴봤겠지만 나는 그러지 않았다. 말하자면 나는 더 이상 바라는 바가 없었던 게 분명했다. 실제로 나는 그 집에서 나올 당시 날씨가 쾌청했음에도 불구하고, 떠나면서 뒤도 한번 돌아보지 않았다. 떠날 때는 뒤돌아보지 않는 편이 낫다는 구절을, 독서도 하던 어린 시절에, 어딘가에서 읽었던 게 틀림없었다. 그래도 뒤를 돌아보는 일이 벌어지기도 했다. 아니 꼭 그렇지는 않더라도 떠나면서 뭔가를 분명 봤던 것 같다. 그런데 뭘 봤지? 지금은 그저 그림자에서 차례로 벗어났던 내 두 발만 기억이 난다. 구두는 뻣뻣했고 햇빛은 가죽에 생긴 균열을 또렷하게 드러내 보였다.

끝

117

단언컨대, 나는 그 집에서 잘 지냈다. 몇 마리의 쥐 말고는 지하실에 나밖에 없었다. 그 여자는 우리의 계약을 지키려고 최선을 다했다. 그녀는 정오경에 음식물이 담긴 쟁반을 들고 왔고 그 전날의 쟁반은 치웠다. 그녀는 깨끗한 실내용 변기도 같이 가져왔다. 변기에는 커다란 손잡이가 달려 있어서, 그녀는 두 손으로 쟁반을 들 수 있도록 한쪽 팔을 그 손잡이 안에 끼워 넣었다. 그러고는 내게 아무 일도 일어나지 않았는지 알아보려고 불쑥 고개를 내밀어 볼 때를 제외하면 그녀를 본 적이 없었다. 나는 다행히도 애정을 필요로 하지 않았다. 침대에 있으면 인도를 오가는 발들이 보였다. 날씨가 화창하고 컨디션이 좋은 저녁때에는 의자를 들고 작은 안뜰로 가서 지나가는 여자들의 스커트 안을 종종 쳐다봤다. 그러다 보니 하나 이상의 다리가 눈에 익게 되었다. 한 번은 사프란 구근을 구하러 보냈고 그 양파 같은 뿌리를 오래된 화분에 심어 볕이 잘 안 드는 작은 안뜰에다 놓았다. 그때가 봄쯤인가 그런데, 그게 아마 꼭 필요한 일은 아니었을지도 모른다. 나는 그 화분을 가는 끈으로 잡아매서 밖에 두고, 그 끈은 창문에 걸쳐놓았다. 날씨가 좋을 때면, 저녁마다, 가는 빛 한 줄기가 벽을 타고 올라갔다. 그러면 나는 창가에 자리를 잡고 그 화분이 빛과 열을 받을 수 있도록 그 가는 끈을 잡아당겼다. 그건 간단한 일이 분명 아니었는데, 어떻게 내가 그렇게 했는지 잘 이해가 안 된다.

그게 꼭 필요한 일은 아마 아니었을지도 모른다. 나는 화분에다 줄 수 있는 만큼 비료를 주었고 화분에 물기가 없으면 그 위에다 오줌을 쌌다. 그게 어쩌면 꼭 필요한 일은 아니었을지도 모른다. 구근에 싹이 돋아났으나, 꽃은 전혀 피지 않았고, 그저 허옇게 떠버린 잎들에 여린 줄기가 전부였다. 노란 사프란이나 아니면 히아신스 하나에도 나는 만족했을 텐데, 하지만 보다시피, 그런 일은 일어날 것 같지 않았다. 그 여자는 화분을 치우고 싶어 했지만, 나는 그걸 그냥 두라고 말했다. 그녀는 다른 구근을 사다 주고 싶어 했지만, 나는 다른 구근은 원치 않는다고 말했다. 가장 거슬리는 소리는 신문팔이들의 외침이었다. 그들은 항상 똑같은 시간에 뛰면서 지나갔고, 그러면 구두 뒤축이 인도에 부딪혀 딱딱딱 소리를 냈으며, 게다가 그들은 신문들의 이름과 센세이셔널한 소식들까지 외쳐댔다. 집 안에서 나는 소리들이 그나마 덜 거슬렸다. 한 여자아이가, 그 아이가 남자아이가 아니었다면, 위층 어딘가에서, 저녁마다 항상 같은 시간에, 노래를 불렀다. 오랫동안 나는 그 가사를 알아들을 수가 없었다. 하지만 거의 매일 저녁 들려오니까 결국은 몇 마디 알아듣게 되었다. 여자아이한테는 또는 남자아이한테도 맞지 않는 이상한 가사. 내 내부에서 들려오는 노랫소리였을까, 아니면 오로지 밖에서만 들려오는 노랫소리였을까? 내 생각에, 그 노래는 일종의 자장가였다. 나조차도 그 노랫소리로 인

끝

해 자주 잠이 들었으니까. 가끔씩 왔던 사람은 바로 한 소녀
였다. 그 소녀는 긴 붉은 머리를 두 갈래로 땋아 늘어뜨리고
있었다. 나는 그 소녀가 누구인지 알지 못했다. 소녀는 방
안을 잠시 어슬렁거리다가 한마디 말도 없이 가버렸다. 어
느 날 한 경찰관의 방문을 받았다. 경찰관은 다짜고짜 내가
감시 대상이라고 말했다. 이것 봐, 수상쩍어, 그는 내가 수상
하다고 말했다. 나는 그가 지껄이도록 내버려 뒀다. 그는 감
히 나를 체포하지는 못했다. 그런 걸 보면 경찰관은 어쩌면
좋은 사람이었을지도 모른다. 또 신부도 한 명, 어느 날 나
는 한 신부의 방문을 받았다. 나는 그 신부한테 내가 개혁교
회*의 한 분파에 속한다고 알려주었다. 신부는 어떤 종류의
목사를 만났으면 하는지 내게 물었다. 개혁교회를 다니면서,
길을 잃는 건, 당연한 일입니다. 신부는 어쩌면 좋은 사람이
었을지도 모른다. 신부는 언젠가 미사가 필요하게 되면 미
리 알려달라고 내게 말했다. 미사라고! 그는 자신의 이름과
더불어 어디로 가면 자기를 찾을 수 있는지 알려주었다. 나
는 그걸 받아 적었어야 했다.

어느 날 그 여자가 내게 제안을 하나 했다. 그녀는 현금

* 개혁교회는 신학적으로 칼뱅주의를 표방하는 개신교의 한 분파다. 독
일, 스위스와 네덜란드, 남아프리카공화국에서는 이 개신교의 분파를 개혁
교회라고 하고, 스코틀랜드, 한국 그리고 미국에서는 장로교라고 부른다.

이 아주 급하게 필요하므로 내가 여섯 달치를 미리 내면 그 기간의 방세를 4분의 1 정도 깎아주겠노라고 말했다. 나는 엄청난 실수를 저질러서는 안 된다. 그 제안의 이점은 6주(?)의 체재비를 벌 수 있는 거고 단점은 얼마 안 되는 내 자금을 거의 다 바닥내는 거다. 그런데 그걸 단점이라고 부를 수 있을까? 마지막 한 푼까지 다 써버려도, 어쩌면 그 이상으로, 말하자면 그녀가 나를 밖으로 내쫓을 때까지 어떻게 해서든지 남아 있으려고 하지 않을까? 나는 그녀에게 돈을 주었고 그녀는 영수증을 써주었다.

어느 날 아침, 그 거래가 있은 지 얼마 되지 않아서, 한 남자가 내 어깨를 잡아 흔드는 바람에, 나는 잠에서 깼다. 그게 11시는 넘지 않았을 거다. 그 남자는 어서 일어나 자기 집에서 당장 나가달라고 나한테 사정을 했다. 단언컨대, 그 남자는 매우 예의 바른 사람이었다. 그는 자신도 나만큼이나 놀랐다고 말했다. 그 집은 그의 집이었다. 그의 재산. 터키 여자는 그 전날 떠났다. 하지만 나는 어제저녁에도 그 여자를 봤어요, 내가 말했다. 착각을 하고 계신 게 분명합니다, 그가 말했다, 어제 오전에, 그 여자가 내 사무실로 찾아와, 나한테 이 열쇠들을 주었는걸요. 하지만 나는 그 여자한테 여섯 달치 방세를 미리 준 지가 얼마 안 됐어요, 내가 말했다. 돌려받으세요, 그가 말했다. 하지만 나는 그 여자의 주소는커녕, 내가 말했다, 그 이름도 몰라요. 그 여자의 이름을 모르세요? 그가 말했다. 그는 내가 거짓말을 한다고 생각하는 게 틀림없었다. 나는 환자예요, 나는 말했다, 그래서 이렇게 갑자기 떠날 수는 없어요. 그렇게 아파 보이지 않는데요, 그가 말했다. 그는 내가 원하면 택시, 아니 구급차를 부르러 보내겠다고 설득했다. 그는 달리 맡길 데가 없어 알지도 못하는 꼬마한테 맡겨놓은, 어쩌면 그 개구쟁이한테 한창 괴롭힘을 당하고 있을, 문 앞에 세워둔 이륜 수레 안에서 추위로 덜덜 떨고 있는 자기 돼지를 위해, 그 방이 당장 필요하다고 말했다. 나는 흥분을 가라앉히고 대책을 세울 동안만, 다른 공간을, 그저 몸이라도 누힐 수 있는 한구석만이라도 양도해줄 수는 없는지 물었다. 그는 그럴 수 없다고 대답했다. 내가 나쁜 사람이라서 이러는 게 아닙니다, 그가 덧붙여 말했다. 나는 여기서 돼지와 같이 살 수도 있어요, 내가 말했다, 내가 돼지를 돌보면 되잖아요. 고요하고도 길었던 근 몇 달이 한순간에 끝장이 나는구나! 진정해요, 진정해, 그가 말했다, 될 대로 되라는 식으로 살아서는 안 됩니다, 용기를 내세요, 자, 어서, 일어나요, 됐어요. 생각해보면 그 부분은 그가 관여할 바가 아니었다. 그는 정말이지 참 을성이 대단한 사람이었다. 그는 내가 잠자고 있을 때 지하실에 들렀던 게 틀림없었다.

나는 나 자신이 연약하게 느껴졌다. 나는 분명 그랬다. 번쩍이는 빛 때문에 정신을 차릴 수가 없었다. 버스 한 대가 시골로, 나를 데려다주었다. 나는 햇볕이 잘 드는, 어느 밭에 가서 앉았다. 그런데 그건 훨씬 나중에 있었던 일 같다. 나는 그늘을 만들려고, 모자 밑에다 나뭇잎을 빙 둘러 꽂았다. 밤은 쌀쌀했다. 나는 들판을 오랫동안 걸었다. 그러다 결국에는 퇴비 더미를 발견했다. 그다음 날 나는 다시 도시로 향했다. 나는 억지로 세 대의 버스에서 내려야만 했다. 나는 햇볕이 잘 드는 길가에 앉아 내 옷가지를 말렸다. 그 일이 나는 마음에 들었다. 나는 혼잣말을 했다, 옷가지가 다 마를 때까지 당장 해야 할 일은 이제 없어, 이제 아무것도 없다고. 옷가지가 다 마르자, 어느 한 외양간에서 찾아낸, 내가 보기에는 일종의 글겅이 같은 건데, 그런 솔로 옷가지에 솔질을 했다. 나한테 외양간은 항상 도움을 받을 수 있는 장소였다. 그런 다음 어느 집으로 가서 우유 한 잔과 버터 바른 빵을 구걸했다. 그들은 버터만 빼고 다 내주었다. 외양간에서 좀 쉴 수 있을까요? 내가 말했다. 안 돼요, 그들이 말했다. 나는 항상 역한 냄새를 풍기기는 했지만, 그래도 내 기분을 좋게 만드는 어떤 악취가 있었다. 나는 내 악취보다 그 악취를 굉장히 많이 좋아했는데, 실은 그 악취로 인해, 내 입 냄새는 어쩔 수 없다고 해도, 내 몸에서 나는 다른 악취들을 느낄 수 없었기 때문이다. 뒤이어 며칠간 나는 내 돈을 되찾으려고 애를 썼다. 그런데도 내가 주소를 찾지 못했는지, 아니면 찾아낸 주소가 실제로 존재하지 않았는지, 아니면 찾아낸 주소로 가보니 그 그리스 여자가 있지 않았는지, 일이 벌어진 대로 정확하게는 이제 기억이 나지 않는다. 나는 그 이름이 뭔지 알아내고자, 주머니들을 뒤져 영수증을 찾으려고 했다. 영수증은 거기에 없었다. 어쩌면 그 여자가 내가 잠자는 사이에 도로 가져갔을지도 모른다. 도시와 시골에서, 때로는 이곳에서 쉬고, 때로는 저곳에서 쉬면서, 얼마나 오랫동안 그렇게 돌아다녔는지 기억나지 않는다. 도시는 여러 변화에 잘 적응했다. 시골도 내가 기억하던 모습이 더는 아니었다. 그래도 전반적인 인상은 똑같았다. 어느 날 나는 내 아들을 얼핏 보았다. 서류 가방을 옆구리에 낀 채 걸음을 재촉하고 있었다. 아들이 모자를 벗고 몸을 숙였을 때 새알 같은 대머리가 눈에 들어왔다. 나는 내 아들이라고 거의 확신했다. 나는 눈으로라도 아들을 좇으려고 몸을 돌렸다. 아들은 좌우로 모자 인사를 과장되게 하고, 다른 비굴해 보이는 동작들도 취하며, 팔자걸음으로, 전속력을 다해 걸어가고 있었다. 지긋지긋한 망할 놈의 자식!

어느 날 나는 예전부터 알고 지내던 한 남자를 만났다. 그는 바닷가에 있는 한 동굴에서 살고 있었다. 그에게는 당나귀가 한 마리 있었는데, 그 당나귀는 해안 절벽이나, 아니면 바다로 이어지는 움푹한 작은 오솔길에 난 풀들을 뜯어먹고 살고 있었다. 날씨가 매우 안 좋을 때면 그 당나귀는 알아서 굴로 들어와 폭풍우가 몰아치는 내내 그곳에서 몸을 피했다. 바람이 울부짖고 바다가 천둥 같은 소리를 내며 모래사장을 집어삼키는 동안, 그들은 서로 꼭 부둥켜안고, 함께 많은 밤들을 보냈다. 그는 그 당나귀 덕분에 도시에 사는 사람들에게 작은 정원을 꾸밀 수 있는 모래며, 해초와 조가비들을 배달해줄 수 있었다. 그렇지만 당나귀가 늙고 체구도 작아서, 게다가 도시까지는 먼 길이라, 한꺼번에 많은 양을 운반할 수는 없었다. 여하간 그렇게 해서 담배와 성냥 그리고 때로는 1파운드의 빵을 사는 데 충분한 약간의 돈을 벌었다. 바로 그러한 외출이 있었던 어느 날, 그와 내가 도시 근교에서 우연히 만났다. 그 딱한 사람은, 나를 다시 보자 매우 반가워했다. 그는 자기 집으로 데려다줄 테니 거기서 밤을 보내라고 내게 간곡히 청했다. 있고 싶은 만큼 오래 계셔도 됩니다, 그가 말했다. 당신 당나귀는 어디가 안 좋나요? 내가 말했다. 신경 쓰지 마세요, 그가 말했다, 당신이 낯설어서 그래요. 나는 그 누구하고도 연달아 2~3분 이상을 함께 있어 본 적이 없다는 점과 내가 바다를 몹시 싫어한다는 점을 그에게 상기시켰다. 그가 섭섭해하는 것 같았다. 그럼 오시지 않겠네요, 그가 말했다. 그런데 놀랍게도 나는 당나귀 위에 올라타고 인도에 불쑥 나타난 붉은 밤나무 그늘 아래를 지나가고 있었다. 나는 가시 같은 갈퀴를 양손으로 위아래 꽉 잡고 몸을 지탱했다. 남자아이들이 우리한테 소리 소리를 지르고 돌멩이도 던졌으나, 내 모자에, 그저 딱

끝

한 번만 맞은 거로 봐서 그 아이들은 조준을 잘 못했다. 한 경찰관이 우리를 잡아 세우고는, 우리가 공공의 평화를 어지럽히고 있다고 주의를 줬다. 이에 우리는 생긴 대로 살 뿐이고 그건 아이들도 마찬가지라는 점을 친구가 경찰관한테 주지시켰다. 그런 상황에서, 공공의 평화가 때때로 어지럽혀지는 거는 어쩔 수 없는 일이었다. 그냥 우리 길을 가게 해주세요, 친구가 말했다, 그러면 당신 구역에 금방 또 평화가 찾아올 테니까. 우리는 항구 후배지後背地의, 먼지가 하얗게 덮여 있고, 산사나무와 푸크시아가 길게 늘어서 있으며, 갓길에는 무성하게 자란 풀 속에 데이지가 여기저기 피어 있는, 조용한 길들로 가로질러 갔다. 밤이 찾아왔다. 바다로 향하는 오솔길을 어둠 속에서는 제대로 따라갈 수 없을 테니까, 당나귀가 동굴 입구까지 나를 실어다 주었다. 그런 다음에 당나귀는 자기 목초지로 다시 올라갔다.

내가 거기서 얼마나 오랫동안 머물렀는지는 기억나지 않는다. 내가 확실히 말할 수 있는 바는, 우리가 동굴에서 잘 지냈다는 거다. 나는 바닷물과 해초로 이를 잡기는 했지만, 그래도 상당수의 서캐는 살아남았을 거다. 해초 습포로 머리통을 치료해봤는데, 그 효과는 정말 엄청났지만, 일시적이었다. 동굴에서 나는 누워서 지냈고 그러면서 가끔 수평선을 바라보기도 했다. 바로 내 위로, 섬도 없고 갑도 없는, 고동치는 광활함이 보였다. 밤에는 빛 한 줄기가 일정한 간격으로, 동굴을 비추었다. 바로 거기서 나는 유리병을 주머니에서 다시 발견했다. 유리병은 깨지지 않았는데, 살펴보니 그 유리는 진짜 유리가 아니었다. 나는 위어 씨가 내 물건을 전부 다 가져갔다고 믿고 있었다. 친구는 주로 밖에 나가 있었다. 그 친구가 내게 물고기를 좀 줬다. 남자라면, 진정한 남자라면, 모든 것으로부터 멀리 떨어진 외딴 동굴에서 사는 일 정도는 간단한 거다. 그 사람이 내가 원하는 만큼 오래도록 머무르라고 청했다. 내가 혼자 있는 걸 선호했다면, 그 친구는 약간 더 멀리 있는 다른 동굴로 나를 기꺼이 데려갔을 거다. 그리고 날마다 내게 먹을 것을 가져다주고 또 내가 잘 지내는지 뭐 필요한 것은 없는지 살피러 가끔씩 왔을 거다. 그는 좋은 사람이었으니까. 하지만 선량함은 내게 필요하지 않았다. 호숫가 근처 동굴은 모르세요? 내가 말했다. 나는 바다를 잘 견디지 못했는데, 바다의 찰싹거리는 소리, 흔들리는 물결, 들락날락거리는 조수, 경기하듯 순식간에 안색을 바꾸는 그 일반적인 성향들이 나를 힘들게 했다. 때로는 바람이 바다의 상태를 결정한다. 그로 인해 손발이 저려 따끔거렸다. 내리 몇 시간이나 바다로 인해 잠을 잘 수가 없었다. 여기 있으면 곧 불행해질 것 같아요, 내가 말했다, 그렇게 되면 계속 살 수 있을까요? 물에 빠져 죽을지도 모르죠, 그가 말했다. 그래요, 내가 말했다, 아니면 절벽에서 뛰어내리겠죠. 나도 다른 데서는 그 어디에

끝

127

서도 살 수 없을 것 같아요, 그가 말했다, 산속 오두막에 있으니까 무척 불행했거든요. 산속 오두막? 내가 말했다. 그는 산속 오두막 이야기를 되풀이했는데, 예전에 듣고 잊어버린 터라, 꼭 처음 듣는 이야기 같았다. 나는 아직도 그 오두막을 가지고 있는지 그에게 물었다. 그는 거기서 뛰쳐나온 후로 한 번도 가본 적은 없지만, 아마도 약간 파손된 채로, 여전히 그 장소에 있을 거라고 대답했다. 하지만 그가 그곳 열쇠를 억지로 쥐여주려고 했을 때, 나는 다른 대안이 있다고 말하면서 거절했다. 언제라도 내가 필요한 일이 생기면, 그가 말했다, 나는 늘 여기에 있을 테니 나를 찾아오세요. 아, 사람들이란. 그는 내게 자기 칼을 주었다.

그가 자기 오두막이라고 불렀던 건물은 목조로 된 일종의 가건물이었다. 누군가가 불을 지피려고, 아니면 다른 이유로, 문을 떼어버렸다. 창문에는 더 이상 창유리가 없었다. 지붕도 여러 군데나 파손되어 있었다. 내부는 다 부서진 내벽에 의해 크기가 다른 두 공간으로 나뉘어 있었다. 예전에는 가구가 있었다면 이제는 아무것도 없었다. 누군가가 벽과 바닥에 아주 저열한 짓거리들을 해놓았다. 콘돔과 토사물처럼, 똥들이, 사람 똥, 암소 똥, 개똥 들이 바닥에 잔뜩 널려 있었다. 한 쇠똥에다 누가 화살이 꽂힌 하트 하나를 그려놓았다. 어쨌거나 그곳은 풍치 지구가 아니었다. 버려진 꽃다발들의 잔해가 눈에 띄었다. 게걸스럽게 따 모아, 오랜 시간을 수레로 운반해 와서는, 무거워서, 아니면 이미 시들어 버려서, 꽃다발들을 결국 버리고 만 것이었다. 나한테 준 열쇠에 맞는 거주지가 바로 그런 곳이었다.

드넓은 그 주변의 황폐한 풍경은 낯설지 않았다.

그곳도 어쨌거나 하나의 거처였다. 나는 직접 고생해서 꺾어 모은 고사리로 잠자리를 만들고는 그 위에서 휴식을 취했다. 어느 날 나는 일어날 수가 없었다. 암소가 나를 구했다. 얼음장 같은 안개를 피해 암소가 들어왔던 거다. 아마도 그게 처음은 아니었던 것 같았다. 그 암소는 나를 보지 못했던 게 틀림없었다. 나는 그 암소의 젖을 빨려고 했으나, 큰 성과는 없었다. 암소의 유방에 똥이 묻어 있었다. 나는 모자를 벗어 사력을 다해 그 모자에다 젖을 짜 넣기 시작했다. 우유가 바닥에 쏟아졌지만, 나는 말했다, 괜찮아, 공짜니까. 암소는 마루를 가로질러 나를 질질 끌고 다니다가, 그저 나를 뒤축으로 차버리려고 가끔씩 멈춰 섰다. 나는 우리 암소들 역시 사나울 수 있다는 바를 알지 못했다. 누군가가 최근에 그 암소의 젖을 짰던 게 틀림없었다. 한 손으로 암소의 유방을 움켜잡고, 다른 한 손으로 적당한 위치에 모자를 갖다 댔다. 하지만 결국 그 암소가 이기고 말았다. 왜냐하면 암소는 나를 질질 끌고 문지방을 지나 물방울이 뚝뚝 떨어지는 거대한 고사리 밭까지 갔는데, 거기서 힘이 빠져 나는 움켜잡았던 걸 놓을 수밖에 없었으니까.

끝

우유를 마시면서 나는 방금 한 행동을 후회했다. 그 암소한테는 더 이상 기댈 수 없게 되었고 또 그 암소가 다른 암소들한테 그 일을 전부 다 말할 테니까. 더 자제를 했더라면 그 암소를 친구로 삼을 수도 있었을 거다. 어쩌면 다른 암소들까지 이끌고 날마다 찾아와췄을 텐데. 그러면 버터에, 치즈 만드는 법까지 터득했겠지. 하지만 나는 자신에게 말했다, 아니야, 다 잘된 거야.

일단 길로 접어들면 비탈길을 따라 쭉 가기만 하면 됐다. 곧바로 짐수레들이, 하지만 하나같이 나를 거부했다. 내가 다른 옷을 입고, 다른 얼굴을 하고 있었다면, 아마도 나를 태웠겠지. 지하실에서 추방된 후로 내가 변한 게 틀림없었다. 특히 얼굴에 그 풍파가 묻어나 있는 게 분명했다. 공손하면서도 순진한 미소는 더 이상 떠오르지 않았고, 별들과 방추*들을 품고 있는, 천진하고도 곤궁한 표정도 마찬가지였다. 나는 그와 같은 미소와 표정을 간절히 바랐지만, 더이상 떠오르지 않았다. 털북숭이에다 세월로 인해 쭈글쭈글해진 더러운 가죽 마스크는 이제 제발 부탁합니다와 감사합니다와 실례합니다를 하고 싶어 하지 않았다. 그건 불행한 일이었다. 그 이후로, 내가 어떻게 기어가게 되었지? 도로 가장자리에 누워 짐수레가 오는 소리가 들릴 때마다 나

* 실을 뽑는 도구.

는 몸을 비틀기 시작했다. 그건 내가 자고 있거나, 쉬고 있다는 생각을 못 하게 하기 위해서였다. 나는 신음 소리를 내려고 했다, 살려주세요! 그러나 튀어나온 목소리는 평소 대화하던 목소리와 같았다. 나는 더 이상 신음 소리를 내지 못했다. 아직 끝난 게 아니었지만 더 이상 신음 소리를 낼 수 없게 되었다. 신음 소리를 내야만 했던 가장 최근에는, 여느 때처럼, 제대로, 신음 소리를 냈고, 그때는 가슴이 아주 터질 것 같은 통증도 없었다. 나는 어떻게 변화되어갔던 걸까? 나는 혼잣말을 했다, 다시 배울 거야. 도로 사이에, 그것도 폭이 좁은 곳에, 내가 누워 있어서, 짐수레들은 적어도 바퀴 하나로, 아니면 사륜 수레라면, 바퀴 두 개로, 나를 짓누르지 않고서는 지나갈 수 없었다. 붉은 수염의 도시계획 전문가, 엄청난 실수로, 그의 쓸개는 제거되었고, 그 후 3일 만에, 한창 나이임에도 불구하고, 그는 죽게 되었다. 여하간 주변을 돌아보니, 도시 근교에 와 있었고, 휴식이나 최소한의 수고를 바라는 어리석은 희망을 넘어서자, 거기서 최근의 발자취까지의 거리가 멀지 않게 되는 날이 왔다.

　　그리하여 나는 낡고 검은 헝겊으로 하관을 가리고 볕이 잘 드는 구석진 곳으로 구걸을 하러 갔다. 왜냐하면 두 눈의 시력을 완전히 잃은 것 같지는 않았기 때문인데, 이는 아마도 내 가정교사가 주었던, 검은 선글라스 덕분인 것 같았다. 그 가정교사는 내게 횔링크즈*의 『윤리학』을 남겨주었다.

끝

그 안경은 성인용이었는데, 그 당시 나는 어린아이였다. 사람들이 갑작스러운 심근경색으로, 끔찍하게 옷을 풀어 헤친 채, 화장실에 쓰러져 있는, 죽어 있는 그를 발견했다. 아 얼마나 큰 평안인가. 『윤리학』의 간지에 그의 이름(워드)이 적혀 있었고, 안경은 거기에 끼워져 있었다. 내가 말하고 있는 그 당시, 안경의 코받침은, 그림이나 큰 거울을 다는 데 사용하는, 그런 종류의 놋쇠 줄로 되어 있었고, 안경다리로는 두 개의 검은 긴 리본을 사용했다. 나는 리본을 양쪽 귀에 둥글게 감아 내려 턱 밑에서 묶었다. 두 개의 안경알은 주머니 안에서 서로 부딪히고 또 그 안에 있던 다른 물건들과도 마주치면서 많이 상해 있었다. 나는 위어 씨가 내 물건을 전부 다 가져갔다고 믿고 있었다. 여하간 그 안경이 나한테 더 이상 필요하지 않다 보니 오로지 햇빛을 가릴 때만 꼈다. 이 얘기는 하지 말 걸 그랬다. 헝겊 때문에 애를 많이 먹었다.

* 원문에 '횔링크즈Geulincz'로 표기되어 있는 이름은 데카르트 학파의 사상가였던 '아르놀트 횔링크스Arnold Geulincx'(1624~1669)를 연상시킨다. 이게 작가의 의도적인 오기인지 아니면 출판사 측의 실수인지 알 수 없지만, 그 어느 경우더라도 잘못된 표기는 무지와 무능을 지향하는 베케트의 독특한 글쓰기로 해석될 수 있다. 사뮈엘 베케트는 학사 학위를 취득한 후 데카르트와 대표적인 기회원인론주의자들les occasionnalistes, 횔링크스와 말브랑슈 같은 데카르트 학파의 사상가들에게 심취해 있었다. 특히 횔링크스는 베케트가 자신의 작품에서 그 이름을 여러 번 언급할 정도로 그에게 많은 영향을 끼쳤다.

결국에는 망토 안감에서, 아니다, 망토는 더 이상 없었으니까, 그러면 윗도리 안감에서 그 헝겊을 얻어냈다. 그러다 보니 회색에 가까운 색깔에, 타탄 체크무늬까지 있었지만, 그래도 나는 그 헝겊에 만족했다. 오후가 될 때까지, 남쪽 하늘로 고개를 치켜들고 있다가, 오후가 되면 밤이 될 때까지, 서쪽 하늘로 고개를 돌렸다. 동냥 그릇 때문에 애를 많이 먹었다. 내 머리통 때문에 모자는 동냥 그릇으로 쓸 수가 없었다. 그렇다고 손을 내미는 건, 말도 안 되지. 그래서 흰색 깡통 하나를 구해서, 내 치골 정도에 있는 망토의, 아니 도대체 내가 왜 이러지, 윗도리의 단추에다가 그걸 매달았다. 깡통은 똑바로 매달려 있지 않고, 행인 쪽으로 공손하게 비스듬히 기울어져 있어서, 행인은 거기다 동전을 떨어뜨려 넣기만 하면 되었다. 그런데 그렇게 하려면 나한테 아주 가까이 와야 해서, 잘못하면 나와 닿을 위험이 있었다. 그래서 결국에는 더 큰 깡통, 일종의 큰 통을 하나 구해서, 내 발 앞 인도에다 놓았다. 적선을 하는 사람들은 동전을 던져 넣는 행위를 그리 좋아하지 않는데, 그런 행위가 예민한 사람들한테는 내키지 않는, 뭔가 남을 멸시하는 것 같은 태도로 보이기 때문이다. 그들이 조준을 해야만 한다는 점은 차치하고라도. 사람들은 정말 적선을 하고 싶어 하지만, 동전이 행인들의 발아래로, 또는 아무나 주울 수 있게, 차량들의 바퀴 아래로 굴러가는 경우를 원하지 않는다. 그래서 사람들

끝

은 적선을 하지 않는다. 물론 적선을 하려고 몸을 굽히는 사
람들도 분명 있지만, 대체로, 적선을 하는 사람들은 몸을 굽
혀서까지 적선을 해야 하는 상황을 그리 좋아하지 않는다.
그들이 좋아하는 상황은, 멀리서 비렁뱅이를 알아보고, 페
니를 준비한 다음, 계속 가면서 준비한 페니를 놓고, 멀리서
희미하게 들리는 '하나님께서 갚아주실 겁니다!'라는 소리
를 듣는 거다. 나는 독실한 신자도, 뭐 그 비슷한 사람도 아
니라서, 그런 말은 하지 않았지만, 그래도 입으로, 무슨 소
리를 어쨌거나 내기는 냈다. 나는 결국 작은 판자 같은 걸
하나 구해서 목과 허리에다 줄을 매 그 판자를 내 몸에 고
정시켰다. 판자는 아주 적당한 지점에, 주머니가 있는 그 정
도 지점에 몸 앞으로 튀어나오게 고정되었고, 그러다 보니
그 가장자리가 내 몸에서 꽤 떨어져 있어서, 사람들은 안심
하고 거기다 소액의 기부금을 놓을 수 있었다. 그들은 때때
로 거기서 꽃들, 꽃잎들, 이삭들을 볼 수 있었고, 내가 찾아
낸, 내 생각에 치질에 쓰이는 그런 종류의 풀도 볼 수 있었
다. 나는 그러한 꽃과 풀을 일부러 찾아다니지는 않았지만,
내 손이 미치는 곳에 그런 종류의 예쁜 것들이 있으면, 그것
들을 모조리 따서 내 작은 판자를 꾸몄다. 그게 내가 자연을
사랑하는 것처럼 보이게 만들었다. 나는 대부분의 시간을
하늘을 바라보며 지내긴 했으나, 그렇다고 하늘만 뚫어져
라 응시한 건 아니었다. 하늘은 대체로 하얀색, 파란색 그리

고 회색의 혼합이었는데, 저녁때가 되면 거기에 다른 색깔들도 더해져갔다. 나는 살포시 내 얼굴을 누르는 하늘을 느꼈고, 거기다 얼굴을 좌우로 비벼댔다. 그러다가도 고개가 자주 가슴팍으로 툭 떨어졌다. 그럴 때마다 완전히 흐릿하고 알록달록한 작은 판자가 아득하게 얼핏 스쳐 보였다. 나는 벽에다 내 몸을 의지했지만, 그래도 태만하지 않고, 발의 무게중심을 한쪽에서 다른 쪽으로 옮기고 양손으로 윗도리의 깃을 잡았다. 양손을 주머니에 넣고 구걸을 하는 건, 나쁜 인상을 주는데, 특히 겨울에, 노동자들로부터 반감을 산다. 장갑 역시 절대로 껴서는 안 된다. 개중에는 동전을 주는 척하다가, 내가 번 돈을 몽땅 훔쳐가는, 그런 개구쟁이들이 있었다. 그게 다 사탕을 사 먹기 위해서였다. 나는 몸을 긁으려고, 은밀하게, 단추를 끌렀다. 네 개의 손톱으로, 아래에서 위로 벅벅 긁었다. 나는 가려움을 진정시키려고, 체모를 잡아당기기도 했다. 그런 일은 시간을 잘 가게 했고, 또 그렇게 긁어야 시간이 갔다. 내 생각에는, 수음을 능가하는 게 잘 긁기다. 사람들은 50대에도 심지어 그 이상의 나이에도 수음을 할 수는 있으나, 그 정도 되면 수음은 결국 단순한 습관이 되고 만다. 내 몸을 긁는 데도 내 두 손으로는 모자랐다. 국부 위쪽, 배꼽까지 이어진 체모 안쪽, 팔 아래쪽, 엉덩이 안쪽, 그리고 생각만 해도 간지러운 습진과 건선도, 그냥 몸 전체를 다 긁어야 했으니까. 나를 가장 만족시킨 부

끝

위는 엉덩이 안쪽이었다. 나는 거기서부터 엉덩뼈까지 검지로 긁어댔다. 그런 다음에 똥을 누면, 지랄 맞게 아팠다. 하지만 나는 이제 똥을 거의 싸지 않았다. 가끔씩 비행기가 지나갔는데, 거의 속도를 내지 않는 것처럼 보였다. 하루가 끝나갈 무렵이면, 내 바지 아랫부분이 축축하게 젖어 있는 일이, 자주 있었다. 분명 개들이 한 짓이었다. 나는, 나는 이제 오줌을 거의 싸지 않았으니까. 만일 어쩌다 오줌이 싸고 싶을 때면, 터져 있는 바지 앞쪽 단에다 찔끔찔끔 싸면서 내 욕구를 해결했다. 일단 자리를 잡으면, 밤이 될 때까지 나는 절대로 그곳을 떠나지 않았다. 나는 이제 거의 먹지도 않았는데, 아 신은 내가 감당할 만큼의 시련만 주시겠지. 일을 끝내고 나면 창고에서 저녁마다 마시는 우유를 한 병 샀다. 아니 사실은, 이유는 모르겠지만, 사람들은 내 시중을 그래 내 시중을 들고 싶어 하지 않아서, 한 아이한테, 늘 똑같은 아이였는데, 우유를 한 병 사오게 시켰다. 그리고 심부름 값으로 그 아이한테 1페니를 줬다. 어느 날 나는 이상한 광경을 목격했다. 평소에는 뭔가 대단한 일일지라도 그게 눈에 들어오지 않았는데 말이다. 물론 귀로도 들어오지 않았다. 나는 주의를 기울이지 않았으니까. 사실 나는 거기에 있지도 않았다. 사실 나는 그 어느 곳에도 있어본 적이 없었다고 생각한다. 그런데 그날 나는 돌아와야만 했다. 벌써 얼마 전부터 내 귀에 거슬리는 소리가 하나 있었다. 나는 그 소리의 출처를 찾아보지 않았는데, 사실은 나 자신을 이렇게 안심시키고 있었다, 그 소리는 곧 멈출 거야. 하지만 그 소리는 멈추지 않았기 때문에, 그 출처가 어디인지 찾아봐야만 했다. 소리의 출처는 행인들한테 연설하고 있는, 자동차 지붕 위에 올라간 한 남자였다. 적어도 내가 이해한 바는 그랬다. 그가 하도 고래고래 소리를 질러대서 그가 한 연설의 단편들이 나한테까지 들려왔다. 연맹…… 동지들…… 마르크스…… 자본…… 비프스테이크…… 사랑. 나는 그 단편들을 전혀 이해하지 못했다. 자동차는 내 앞 인도와 맞닿은 곳에 세워져 있어서, 나한테는 연설가의 뒷모습이 보였다. 갑자기 그가 몸을 획 돌려 나를 문제 삼기 시작했다. 이 누더기를 좀 보세요, 그가 큰 소리로 외쳤다, 이 쓰레기를. 이자가 네발로 걷지 않는 이유는, 동물 보호소를 두려워하기 때문입니다. 늙고, 이가 들끓고, 썩어빠진 자는, 쓰레기통으로. 그런데 이런 자가 천 명이나 있고, 이자보다 못한 자들은 만 명, 아니 2만 명—한 목소리가, 3만 명. 연설가가 다시 입을 열었다, 여러분은 매일같이 이 앞을 지나가지요, 그리고 경마로 돈을 벌면 잔돈을 던져줍니다. 생각이 있는 겁니까? 그 목소리가, 아니요. 당연히 아니겠지요, 연설가가 다시 입을 열었다, 그 돈은 기반을 형성합니다. 1페니, 2페니—그 목소리가, 3페니. 그러니까 그게 노예화고, 사람을 바보로 만드는 일이며, 조직적인 암살이라는 생각이, 그렇게 여러분

끝

137

은 돈을 바쳐서 죄를 짓고 있다는 생각이, 연설가가 다시 입을 열었다, 여러분한테는 전혀 안 드는 겁니다. 이 처형된 자를, 이 박피된 자를 좀 보세요. 여러분은 이자가 자초한 일이라고 말하겠죠. 과연 이자가 자초한 일인지 어디 한번 물어보세요. 그 목소리가, 네가 해라. 그 소리에 연설가는 내 쪽으로 몸을 굽히고는 나한테 불쑥 말을 걸었다. 나는 내 작은 판자를 개량했다. 판자는 이제 두 조각을 경첩들로 이어 붙인 상태가 되어서, 일을 마치면, 그 판자를 둘로 접어서, 겨드랑이에 끼고 갈 수 있었는데, 그렇게 나는 수공업을 참 좋아했다. 그래서 나는 누더기를 벗고, 그동안에 번 몇 푼의 돈을 주머니에 넣고, 판자를 묶었던 가는 끈들을 풀고, 그 판자를 접어 겨드랑이에 끼었다. 그러니까 어서 말해, 이 희생자 놈아! 연설가가 냅다 소리를 질렀다. 그런 다음에 나는 날은 아직 밝았지만, 그 자리를 떴다. 아니 보통 구석진 곳은 고요하고, 붐비지 않아도 생기가 돌고, 장사도 잘되면서 머무르기에 안성맞춤인 장소였는데 참. 그자는 분명 광신도였을 거다, 그 외에는 달리 설명할 길이 없었다. 어쩌면 독방에서 탈출한 사람이었을지도 모른다. 그 사람 얼굴은 약간 붉은 기가 돌면서 뭔가 웃기게 생겼다.

　나는 날마다 일하지는 않았다. 나는 돈을 쓰는 일이 거의 없었으니까. 심지어 최후의 날들을 위해서, 약간의 금액을 따로 보관하기까지 했다. 일하지 않는 날에는 창고에서 줄곧 누워 있었다. 창고는 사유지에 있는, 아니면 사유지였던 곳에 있는 강가에 있었다. 그 부동산의 정문은 빛이 안드는, 조용하고 좁은 길로 통해 있었고, 그 부동산은 북쪽 경계를 나타내는, 약 30보 거리에 있는 강 쪽은 당연히 제외하고, 전체가 담으로 둘러싸여 있었다. 정면에, 맞은편 연안에는, 여전히 강둑이 있었고, 그 뒤로는 낮은 집들, 공터들, 산울타리들, 굴뚝들, 첨탑들과 망루들이 복잡하게 엉켜 있었다. 거기에는 또 군인들이 1년 내내 축구를 하는 일종의 연병장도 보였다. 오로지 그 창문들에만—아니다. 그 부동산은 버려진 것 같았다. 철문은 닫혀 있었다. 풀이 작은 길들을 침범했다. 오로지 1층 창문들에만 덧문이 달려 있었다. 밤에 가끔씩 다른 창문들에서, 때로는 이쪽 창에서, 때로는 저쪽 창에서, 희미하게, 빛이 새어 나오는 것만 같은, 그런 느낌을 나는 받았다. 그건 어떤 반사광이었을지도 모른다. 그 창고를 취하던 날, 나는 그곳에서 용골이 밖으로 튀어나와 있는 보트 한 척을 발견했다. 나는 그 보트를 뒤집어, 돌이랑 나뭇조각들로 괴어 받친 다음, 거기서 의자들을 떼어내 그것들로 내 침대를 만들었다. 선체의 경사 때문에, 쥐들이 내가 있는 데까지는 오기 힘들었다. 그럼에도 불구하고 쥐들은 정말로 오고 싶어 했다. 자 생각들을 해봐, 성성한 고깃덩어리, 그래 나도 어쨌거나 아직은 성성한 고깃덩어리였으니까. 여러 임시 거처에서, 쥐들과 더불어 산 게 너무

끝

139

나도 오래돼서, 일반인들이 느끼는 쥐 공포증은 나한테 없었다. 나는 쥐들에게 일종의 호감마저 느끼고 있었다. 쥐들은 조금의 반감도 없는 것처럼, 그만큼 상당한 확신을 갖고 내게로 왔다. 쥐들이 고양이 세수를 했다. 두꺼비들은, 저녁마다, 몇 시간씩 꼼짝 않고 있다가, 파리들을 날름 잡아먹는다. 그놈들은 은폐된 곳에서 노출된 곳으로 가는 길목마다 있는데, 그 정도로 두꺼비들은 경계를 좋아한다. 여하간 문제는 비쩍 말라비틀어진 엄청나게 흉포한 물쥐들이었다. 그래서 나는 어수선하게 늘어져 있는 널빤지들로, 덮개를 하나 만들었다. 살면서 널빤지 같은 걸 다 구할 수 있다니 정말 엄청난 일이다, 널빤지가 필요할 때마다 그게 거기에 있었으니까, 나는 몸을 숙이기만 하면 됐다. 나는 수공업을 참 좋아했다, 아니 그건 아니지, 보다시피, 그 정도는 아니었다. 그걸로 보트를 완전히 덮었다, 지금 나는 다시 덮개에 대해서 말하고 있다. 나는 덮개를 약간 뒤로 민 다음에, 앞으로 해서 보트 안으로 들어가, 뒤에까지 기어가서는, 발을 들어 덮개가 나를 완전히 덮을 때까지, 덮개를 앞으로 다시 밀었다. 밀 때는 내가 그럴 때 쓰려고 덮개 뒷면에 볼록 튀어나오게 달아놓은 가로장을 이용했는데, 그렇게 나는 수공업을 참 좋아했다. 그런데 뒤로 해서 보트 안으로 들어가는 경우에는, 나를 완전히 덮을 때까지 두 손으로 덮개를 잡아당기고, 나갈 때와 마찬가지로 덮개를 다시 밀어내는 편이 훨씬 좋았다. 그래서 두 손을 사용할 경우를 대비해서, 적당한 위치에, 대못 두 개를 박았다. 임시변통한 연장과 자재들을 가지고 했던, 감히 말하자면, 그 하찮은 작업들이, 싫지만은 않았다. 나는 그 일도 곧 끝나리라는 걸 알았고, 그래서 그런 척을 했던 건데, 그렇지, 그게 어떤 척이냐면 ― 어떻게 말하지, 에라 모르겠다. 단언컨대, 나는 보트 안에서 잘 지냈다. 내 덮개가 아주 딱 들어맞아서 거기다 구멍 하나를 뚫어야만 했다. 어둠 속에서는 눈을 감지 말고, 뜬 채로 있어야만 한다는 게, 내 지론이다. 나는 잠을 말하는 게 아니라, 내 생각에는 사람들이 각성 상태라고 부르는 그런 상태를 지금 언급하고 있는 거다. 게다가 그 당시에 나는 원하지 않아서, 아니면 너무 원해서, 모르겠다, 아니면 무서워서, 아 모르겠어, 잠을 거의 자지 않았다. 등을 대고 누우면, 머리 바로 위, 미세한 틈들을 통해서, 희미하게 보이는, 창고의 회색빛 말고는, 아무것도 보이지 않았다. 아무것도 전혀 보이지 않아, 전혀, 이거 너무한데. 하수구 주변 근방에서 분주하게 움직이는 갈매기들의 끼룩거리는 소리들이 둔탁하게 들려왔다. 노르스름한 거품이 부글거리는 그 주변은, 내 기억이 맞는다면, 오물들이 강물과 합쳐지는 곳으로서, 새들이 허기와 분노로 악을 쓰며, 그 위를 어지럽게 선회하고 있었다. 선착장에, 연안에 찰싹찰싹 부딪히는 찰랑이는 물소리가 들려왔고, 또 자유롭게 일렁이며 만들어지는, 아까

끝

와는 아주 다른 물소리도 들려왔다. 나 자신이, 몸을 움직일 때마다, 내 느낌에, 배보다는 물결이 되는 것 같았고, 그래서 내가 정지하면 소용돌이도 멈췄다. 그게 불가능한 일처럼 보이겠지만. 비가 자주 오다 보니, 빗소리 역시, 자주 들려왔다. 때때로 물방울 하나가, 창고 지붕을 타고 내려와서, 내 위로 똑 떨어져 부서졌다. 이상은 주로 액체가 만들어내는 소리였다. 당연한 소리지만, 바람이 거기다 자기 소리를, 아니 자기 소리라기보다는 자기 노리개들이 만들어내는 매우 다양한 소리를 보탰다. 그런데 그게 어떤 소리지? 살랑대는 소리들, 사납게 울부짖는 소리들, 삐걱거리는 소리들과 한숨 소리들. 내가 원했을 만한 소리는, 그 소리는 황량한 곳에서 울려 퍼지는, 탕, 탕, 탕, 내려치는 망치 소리였다. 나는 방귀를 뀌었다, 그거야 당연한 일이지, 하지만 간신히 짧게, 그게 펌프 소리를 내며 나왔다가, 강한 부정으로 사라졌다. 내가 얼마나 오랫동안 거기에 있었는지 기억나지 않는다. 단언컨대, 나는 내 상자 안에서 잘 있었다. 이제는 그 누구도 내가 잘 지내는지 필요한 게 없는지 물어보러 오지 않았고, 올 수도 없었다는 사실에, 나는 그렇게 속상하지는 않았다. 나는 잘 지냈다, 그렇고 말고, 완전히 잘 지냈지, 그리고 상태가 더 나빠지면 어떡하나 하는 두려움도·거의 느끼지 않았다. 필수품에 관해서는, 말하자면 내 수준에 맞게 줄였는데, 당시 관점에서 봤을 때는, 그 어떤 구호품도 필요가 없을 정도로, 질적으로 매우 우수했다. 부지불식간에, 아무리 어설프고 허망하게 존재했더라도, 내가 존재한다는 사실을 느끼는 일은, 옛날 같았으면 나를 감동시키는 선물이었다. 누구나 미개한 존재로 변하는 건, 당연한 일이다. 그러니 자신이 제정신인지 가끔씩은 자문해볼 필요가 있다. 말조차도 당신을 저버리면, 그때는 말 다 한 거지. 그 순간은 아마도 연결관들의 연결이 끊기는 순간일 거다, 당신도 알지, 연결관들. 우리는 언제나 두 개의 모호한 소리 가운데 있고, 그 소리는 아마도 언제나 같은 조각일 거다, 하지만 글쎄 그래도 그렇게 말하지는 않겠지. 덮개를 옮기고 보트에서 나가고 싶은 마음이 생겼으나, 그렇게 할 수 없을 정도로, 나는 무기력하고 허약했고, 그러다 보니 있던 곳에 그냥 있게 되었다. 차갑고 소란스러운 거리들이, 소름 끼치는 얼굴들이, 자르고, 찌르고, 찢고, 타박상을 입히는 소리들이, 가깝게 느껴졌다. 그래서 똥을 싸고 싶은 욕구가, 또 오줌을 누고 싶은 욕구가 내게 힘을 주기를 나는 기다렸다. 내 둥지는 더럽히고 싶지 않았으니까! 그럼에도 불구하고 다음과 같은 일은 벌어지고야 말았고, 갈수록 그 횟수가 늘어나기까지 했다. 나는 몸을 지탱하면서 반바지를 벗고는, 정확하게 구멍이 드러날 만큼만, 몸을 약간 옆으로 돌렸다. 우주의 배설물 가운데서, 한 왕국을 손에 넣기, 그런 다음에 그 위에다 똥을 싸기, 그게 바로 내가 한 일이었다. 내 배설

끝

물들, 그게 바로 나였던 거다, 그거야 당연한 일이잖아, 그래 뭐 어쨌거나. 그만하면 됐어, 충분해, 영상들, 저거 봐 내가 영상들을 보고 있잖아, 꿈에서 간간이 봤던 영상들 말고는, 그런 걸 본 적 없던 내가. 정확하게 말하면, 본 적이 없다고 내가 믿은 거지. 어쩌면 아주 어렸을 적에. 내 신화가 이렇게 그걸 요구하니까. 밤이었고 보트 안에는 나밖에 없었기 때문에, 나는 그게 영상들이라는 걸 알고 있었다. 그러니까 나는 보트 안에 있었고 보트는 물 위를 미끄러지듯 가고 있었다. 썰물에 휩쓸려가고 있어서, 따로 노를 저을 필요는 없었다. 게다가 나는 노를 보지 못했는데, 누가 가져간 게 틀림없었다. 나한테는 널빤지가 하나 있어서, 어쩌면 의자 쪼가리일지도 모르고, 내 배가 연안으로 너무 가까이 다가가거나, 아니면 밧줄에 묶여 있는 거룻배나 교각이 다가오는 게 보일 때면 나는 그걸 사용했다. 하늘에 별이 떠 있었는데, 나쁘진 않았다. 춥지도 덥지도 않아서, 날씨가 어떤지 알 수 없었지만, 모든 게 평온해 보였다. 당연한 거지만, 연안에서 점점 더 멀어지다 보니, 연안이 더 이상 보이지 않게 되었다. 드문드문 희미하게 보이는 빛들이 점점 더 크게 벌어지고 있는 연안과의 거리를 실감하게 해주었다. 사람들이 잠을 자면, 그 육체들은 다음 날의 노동과 기쁨에 필요한 힘을 재충전했다. 보트는 이제 미끄러지듯 가지 않고, 대양으로 접어들면서 잔물결들이 철썩철썩 후려침에 따라, 위로 튀어 올랐다. 모든 게 평온해 보였음에도 불구하고 뱃전 위로 하얀 거품이 솟아올랐다. 지금은 바깥 공기가 나를 사방에서 에워쌌는데, 나한테는 육지의 안식처가 다였지만, 그런 상황에서, 육지의 안식처는, 아무것도 아니다. 총 네 개의 등대가 보였는데, 그중 하나는 등대선이었다. 아주 어렸을 적부터 이미 알고 있었기에, 나는 그 등대들을 잘 알았다. 그때는 저녁이었는데, 아버지와 높은 곳에 있었기 때문에, 아버지가 내 손을 잡았다. 나는 보호자로서 취할 수 있는 애정 어린 태도로, 아버지가 나를 자기 쪽으로 끌어당겨주기를 원했지만, 아버지는 그런 쪽으로는 영 소질이 없었다. 아버지는 내게 산맥 이름도 알려주었다. 여하간 그런 영상들로부터 벗어나고자, 나는 또 부표들에서 나오는 빛들도 봤는데, 붉은빛들과 초록빛들, 심지어 놀랍게도 노란빛들까지, 그 빛들이 도처에 있는 것 같았다. 산비탈에, 지금은 없어졌지만 도시 뒤로 우뚝 솟아 있던 그 산비탈에, 활활 타오르던 불길들이 황금빛에서 붉은빛으로, 붉은빛에서 황금빛으로 변했다. 나는 그게 왜 그런지 잘 알고 있었는데, 그게 불타오르는 금작화 때문이었다. 어렸을 적, 직접 성냥불을 켜, 얼마나 여러 번 거기다 불을 붙였던가. 그러고 나서 좀 있다가, 집으로 돌아와, 잠자리에 들기 전에, 내가 일으킨 화재를 위쪽 창문을 통해서 바라봤다. 바다에, 땅에 그리고 하늘에, 희미하게 반짝이는 빛들, 그 빛들로 가득한 그날

끝

밤, 그러니까 나는 조수와 해류를 따라 표류하고 있었다. 내 모자가, 아마도 가는 끈 같은 거로, 단춧구멍에 매달려 있는 게 눈에 들어왔다. 보트 후면 의자에서 일어서자, 크게 철거덩하는 소리가 들려왔다. 밑으로 흘러 내려와 내 허리에 감겨버린, 앞면에 고정되어 있던 쇠사슬이었다. 내가 분명 바닥 널빤지들에다 미리 구멍을 하나 만들어놨었는데, 아 저기 나를 봐봐, 무릎을 꿇고서, 칼로, 그 구멍이 다시 드러나도록 하고 있잖아. 구멍이 작으면 물은 천천히 올라올 수밖에 없을 거다. 뜻밖의 경우는 제하고, 모든 경우를 다 고려했을 때, 그게 아마도 족히 30분은 걸릴 거다. 이제는 후면에 다시 자리를 잡고 앉아, 양다리를 쭉 펴고, 그 속을 풀로 채운, 쿠션으로 사용하고 있는 자루에 등을 잘 기대고서, 나는 진정제를 삼켰다. 바다가, 하늘이, 산이, 섬들이, 심장이 한번 크게 수축하자 나를 박살 내려고 쭈욱 다가왔다가, 우주의 한계선까지 쭈욱 물러났다. 나는 내가 할 뻔했던 이야기를, 말하자면 끝낼 용기도 계속할 힘도 없었으면서 할 뻔했던, 내 삶을 본뜬 그 이야기를 아무 미련 없이 어렴풋이 떠올렸다.

옮긴이의 말
하지만 사랑, 그건 뜻대로 되는 게 아니다

올해가 사뮈엘 베케트가 죽은 지 31년이 되는 해다. 1906년 4월 13일에 출생하여 1989년 12월 22일에 사망했으니 얼추 그러하다. 그러고 보니 나는 지금 그가 죽은 해와 이 번역본의 재출간을 시간의 차원에서 연결 짓고 있다. 2018년 가을, 베케트의 무덤을 찾으러 몽파르나스 묘지에 갔다. 한 10년 전에도 그의 무덤을 찾으러 몽파르나스 묘지에 간 적이 있는데, 그때는 미로와 같은 그곳에서 그의 무덤을 찾지 못했다. 퇴장하라는 종소리에 쫓겨 그곳의 정적에 눌려 더 찾아볼 생각도 않고 허겁지겁 도망쳐 나왔다. 2018년에는 같은 실수를 반복하지 않기 위해 후배를 대동했는데, 그럼에도 불구하고 역시나 한동안은 헤매지 않을 수 없었다.

몽파르나스 묘지에는 정말 다양한 비석들이 있었다. 죽은 후에도 화려했던 삶을 자랑하듯 각종 훈장과 미사여구로 치장한 비석부터 관리비 미납으로 기한 내에 관리비를 납부하지 않으면 무덤을 철거하겠다는 통보가 붙어 있는 비석까지. 죽음도 막지 못하는 삶의 비릿한 냄새들이 침묵과 뒤섞여 정신을 혼미하게 만들 때쯤, 드디어 베케트 무덤을 발견했다.

노벨 문학상을 수상한 작가의 무덤이라고 보기 어려울 정도로 소박한 그 무덤의 비석에는 베케트의 부인 쉬잔 베케트와 사뮈엘 베케트라는 두 이름과 함께 그들의 출생일과 사망일이 각각 새겨져 있었고, 그 위에는 손바닥만 한 종이 쏘가리 한 장과 그것을 고정시킨 두 개의 동전이 놓여 있었다. 그 종이 위에 뭐라 흘려 쓴 두 줄의 문장은 해독이 어려웠지만, 20세기 초반 유럽 문학의 판도를 바꿔놓은 작가의 삶과 작품에 대한 감탄과 사랑을 어렵지 않게 느낄 수 있었다.

종이 쪼가리와 두 개의 동전. 만일 거기다 몇 개의 작은 돌멩이까지 더한다면 그보다 더 완벽한 추모의 방식은 없으리라 생각하고 후배와 함께 돌멩이를 찾아보았다. 하지만 몽파르나스의 완벽한 관리로 인해 그 뜻을 이룰 수 없었다. 결국 "내가 밖에 있을 때면, 아침에는, 태양을 맞이하러 가고, 저녁에는, 내가 밖에 있을 때면, 태양을 따라, 망자들의 집에까지 간다"(「추방자」, 74쪽)라는 구절을 기억해내고, 그의 주인공들이 바랐던 히아신스는 다음을 기약하며 해바라기 한 송이를 샀다. 그 긴 시간 베케트의 작품을 읽어온 내가 그의 무덤 위에 남긴 흔적은 그렇게 해바라기 한 송이였다.

1946년, 베케트의 전기 작가 제임스 놀슨은 그해를 베케트가 '작품 창작에 온전히 열중하던 해frénésie d'écriture'*라고 설명한다. 그도 그럴 것이 그해에 베케트는 무려 네 편의 단편소설 「끝」「추방자」「첫사랑」과 「진정제」를 전부 집필했다. 베케트의 문학사에서 1946년은 또 다른 관점에서 주목할 필요가 있는 해다. 아일랜드인인 베케트가 프랑스어로 작품을 집필하기 시작했기 때문이다. 그 첫 작품이 바로 「끝」이다. 이 단편의 제목은 원래 「연속」이었는데, 나중에 베케트가 「끝」으로 변경했다. 베케트가 처음부터 그 작품을 프랑스어로 집필했던 것은 아니다. 처음에는 영어로 집필하다가 프랑스어로 창작 언어를 바꿔봤고, 모국어가 아닌 외국어로 작품을 창작함으로써 자신이 지향했던 글쓰기를 더욱더 잘 보여줄 수 있음을 경험하고는 프랑스어로 작품을 완성했던 것이다. 그 이후부터 한동안 베케트는 프랑스어로

* James Knowlson, *Beckett*, trad. *de l'anglais par Oristelle Bonis*, Actes Sud, 1999, p. 460, p. 971. 제임스 놀슨에 따르면 베케트는 로런스 하비 Lawrence Harvey와의 인터뷰에서, 1946년에서 1953년 사이는 그의 문학사에서 '작품 창작에 온전히 열중하던 시기'라고 말했다. 실제로 앞에서 언급한 네 편의 단편소설 말고도 베케트의 초기 3부작, 『몰로이』『말론 죽다』와 『이름 붙일 수 없는 자』가 1947년에서 1948년 사이에 집필되었고, 『고도를 기다리며』를 포함한 여러 편의 희곡, 또 시와 비평이 그 시기에 탄생됐다.

작품을 집필했다. 그러면서 본격적으로 이중 언어 작가의 길을 걸었다. 이중 언어 작가란 두 개의 언어를 사용해서 창작 활동을 하는 작가를 가리키는데, 베케트의 경우 주로 영어와 프랑스어를 창작 언어로 삼았다. 그리고 베케트는 자신의 작품을 직접 번역한 자가 번역가auto-traducteur이기도 하다. 영어로 집필한 작품은 프랑스어로, 프랑스어로 집필한 작품은 영어로 직접 번역하면서 베케트만의 독특한 문학 세계를 구축했다.

이 책은 베케트가 프랑스어로 집필하기 시작한 1946년의 단편들을 모은 것이다. 베케트가 이룩한 작업들을 봤을 때 완전한 초기는 아니더라도 나름 초기 작품들이라고 할 수 있어서, 이후에 나오는 작품들보다는 내용적·형식적인 난해함이 좀 덜하다. 그래도 '반–주인공'이라 불리는 방랑하는 주인공, 주인공이자 화자, 문장부호의 활용, 영어식 표현, 신조어, 낯선 글쓰기, 패러디, 구어체 등 베케트의 전 작품에서 반복되는 독특한 특성들은 고스란히 드러나 있다.

첫사랑

이 작품의 제목은 이반 투르게네프의 『첫사랑』에서 차용된 것이다. 그리 독특한 제목도 아닌데 차용을 했다는 데서 패러디의 암시를 주고 있다고 할 수 있다. '나'는 이 작품의 화자이자 주인공으로 아버지의 죽음과 더불어 집에서 쫓겨난다. 상속받은 돈이 있기는 하지만, 뚜렷한 거처를 마련하지 못하고 거리 생활을 시작한다. 그러다가 공원 벤치에서 '륄뤼'라고 불렀다가 '룰루'라고 부르기도 하고, 결국 '안느'라고 화자 마음대로 그 이름을 부르는 한 여자를 만난다. 처음엔 안느를 귀찮게 여겼지만, 갈수록 그녀에 대한 생각에서 벗어날 수 없는 '나'를 발견한다. 안느도 '나'를 마음에 들어 해서 자신의 집으로 데려간다. '나'는 그날 밤 자신은 인지하지 못한, 하지만 정황상 일어난 것 같은, 안느와의 첫날밤을 보낸다. 그 뒤로 '나'는 안느가 내어준 방에서 한 발짝도 나가지 않는다. 안느가 가져다주는 밥을 먹고 용변도 방 안에서 해결하다가, 어느 날 이상한 소리를 듣게 된다. 웃음소리 같기도 하고 신음 소리 같기도 한, 남자 목소리와 여자 목소리가 뒤섞인 이상한 소리. 그 소리가 '나'를 괴롭혔고 결국 '나'는 안느에게 매춘을 하는지 묻는다. 그러던 어느 날 안느가 '나'에게 임신 소식을 알린다. 그 소식을 들은 '나'는 안느의 집을 떠날 결심을 하고, 아기가 태어난 날 아기의 울음소리에 쫓겨 집을 나간다.

이 단편소설은 1999년 바스티유 극장에서 처음으로 공연되었다. 그 뒤로도 다양한 형식으로 공연되었는데, 유튜브를 통해서 이를 확인할 수 있다.* 이렇게 공연이 될 수 있을 만큼 『첫사랑』은 산문임에도 모노드라마 같은 느낌이 강하다. 실제로 화자는 이야기를 하는 도중 분열된 자아에게 아니면 독자에게 "거 당신들은, 당신들은, 저기 들판이나, 어디 공원들이나 가보란 말이야"(「첫사랑」, 8쪽)라고 직접 말을 건네기도 한다. 사실 베케트의 산문들은 대체로 문어적이기보다 구어적이다. 주로 '나'라고 자신을 지칭하는 화자가 자신의 과거를 이야기하는 형식으로 구조된 베케트의 산문 텍스트는 문법적으로 완전무결한 문장이 아닌, 문법과 형식에서 벗어난 일상어들로 구성되어 있다. 이 책의 번역은 문어와 구어를 혼용해서 산문의 느낌을 좀더 살렸는데, 다음 개정판에서는 모노드라마 같은 느낌이 나도록 변화를 줄 생각이다.

이러한 계획이 가능한 것은 베케트의 문학적 행보 덕분이다. 베케트는 자신의 작품을 직접 다른 언어로 번역한 작가로 유명하다. 그러니까 프랑스어로 작품을 집필하면 그 작품을 직접 영어로 옮기거나 영어 작품은 프랑스어로 옮기는 식으로, 몇 권을 제외하고 자신의 전 작품을 직접 번역했다. 여기서 논란이 되는 부분은 베케트가 상식적으로 알고 있는 대로 번역 작업을 하지 않았다는 데 있다. 그는 자신의

---

* 2015년 아비뇽 연극제에서 공연한 작품의 영상 주소는 https://www.youtube.com/watch?v=TsTY22XG4gk이다. 프랑스어 텍스트를 읽을 때의 느낌을 알고 싶은 독자는 방문해보기를 권한다.

텍스트를 다른 언어로 옮길 때마다 첨삭을 가했을 뿐만 아니라 표현을 바꾸기까지 했다. 그래서 비평가들은 그의 번역을 '다시 쓰기'라고 부르기도 한다. 그는 번역의 가능성을 믿지 않았다. 그렇다 보니 그에게 번역은 또 다른 형태의 창작일 수밖에 없었던 것이다. 게다가 베케트는 경계의 글쓰기를 보여준 작가다. 즉 삶과 죽음, 자아와 타자, 인간과 짐승, 육체와 정신, 말과 침묵, 산문과 운문, 문어와 구어, 거짓과 사실 등 양립할 수 없는 두 요소들 사이에서 어디에도 정착하지 못하고(또는 안 하고?) 방황하는 글쓰기를 보여줬다. 그러니 동일한 작품을 동일한 옮긴이가 각기 다른 문체로 번역하는 일은 참으로 베케트스러운 일이 아니겠는가.

첫사랑! 이 단어가 가지는 환상적인 힘은 정말 대단하다. 이 단어는 과거의 사실을 윤색하고 변화시킨다. 베케트가 한 작업들 중 하나는 클리셰를 패러디하여 익숙한 표현과 의미를 낯설게 만들고 관습화된 가치를 추락시키면서 편견을 깨는 일이다. 실제로 이 단편에서 '첫사랑'이라는 단어가 주는 향수와 이상화된 가치는 가차 없이 파괴되고 있다. 주인공이기도 한 화자는 사랑을 추방으로 정의하고 똥 덩어리 위에다 사랑하는 이의 이름을 적음으로써 성스럽고 순결한 사랑을 모독하는 행위도 한다. 그런데 과연 그걸 모독이라고 말할 수 있을까? 어쩌면 그 모양이 가장 현실에 가까운 사랑의 행위가 아닐까? 분만 과정 중에 벌어지는 배설 작용은 탄생의 위대함을 부각시키기 위해 자주 은폐되었던 이면의 진실이 아니었을까? 베케트의 「첫사랑」은 아픈 질문을 던지는 단편이다. 우리는 이 삶을 견디고자 얼마나 많은 왜곡과 은폐를 자행하면서 편견을 만들어가고 있는지! 이 소설의 주인공은 우리의 견고한 위선에 균열을 만든다.

추방자

「첫사랑」에서 화자이자 주인공인 '나'가 아버지의 집에서 쫓겨난 것처럼, 이 단편의 화자이자 주인공 역시 어느 집으로 진입을 시도하다가 밖으로 내동댕이쳐진다. 그렇게 추방당한 '나'는 길을 걷다가 장례 행렬을 만나고 한 마차에 올라탄다. 특별한 목적지가 없었던 '나'는 처음에는 동물원으로 가려다가 그만두고 마부와 식사를 하는데, 식사 도중에 마부에게 자신이 머물 방을 찾고 있음을 알린다. 마부는 '나'를 돕기로 결정하고 '나'와 함께 방을 찾아 한동안 돌아다닌다. 날이 저물자 마부는 '나'를 자신의 집으로 초대한다. '나'는 마부 부인의 냉랭한 태도에 말과 마차가 있는 헛간으로 내려가 잠을 청하는데, 헛간에 있는 말의 시선으로 인해 결국 밖으로 나와 마부의 집을 떠난다.

1946년 10월에 집필된 이 단편에서는 몇몇 소재들을 눈여겨볼 필요가 있다. 아버지가 사준 모자, 관처럼 생긴 마차, 착취당하는 말, 램프의 불, 말의 시선, 주인공의 머리에

난 종기, 마부가 준 성냥, 그리고 마부, 마부의 부인과 주인 공이 이루는 관계 등. 이 소재들은 주인공이 어떤 식으로 어떤 범주에서 추방당하는지 알려주는 단서들이 된다. 예컨대 아버지가 사준 모자는 평범한 또래 집단의 범주에 주인공이 속할 수 없게 만드는 기능을 한다. 착취당하는 말과 그 말의 시선은 주인공을 인간의 범주와 가축의 범주 사이에서 방황 하게 만든다. 램프의 불과 성냥은 문명의 삶으로부터 추방 당하는 주인공을 보여준다. 이런 식으로 각각의 소재는 다양한 범주에서 추방당하고 추락하는 주인공을 나타내는데, 이러한 추방과 추락은 부조리한 삶의 한 극단적인 모습을 보여준다. 그래서 베케트의 작품을 염세적이라고 평가하는 비평가들도 많다. 하지만 프랑스의 철학자 질 들뢰즈와 펠릭스 가타리가 진정한 예술을 위해서는 기존의 문화와 사유를 파괴할 필요가 있다고 말했듯이, 창작과 예술의 관점에서 또는 계속되어야만 하는 삶의 관점에서 이 추락과 추방을 다시 생각해볼 필요가 있다.

진정제

1946년 12월에 퇴고한 이 단편은 "이제는 내가 언제 죽었는지 모르겠다"(75쪽)라는 환상소설에서 나올 법한 문장으로 시작한다. 죽음과 삶의 경계가 무너진 지점에서 공포에 사로잡힌 화자는 그 공포로부터 벗어나기 위해 이야기를 하는데, 그 이야기 역시 사실과 허구, 또 과거와 현재의 경계가 무너진 지점에 있다. 그래서 연대기적 시간을 기본 질서로 삼고 있는 논리적인 관점으로는 이 단편에 접근하기가 어렵다. 여하튼 화자이자 주인공인 '나'는 어느 곳으로부터 탈출하여 숲을 지나 소위 목자들이라 불리는 문을 통해서 이상하리만큼 고요한 시내로 들어간다. 꼭꼭 닫힌 집들을 구경하면서 시내를 관통해 부두로 가는데, 거기도 도시만큼이나 활기가 없다. '나'는 부두가 다시 활기를 되찾을 때까지 그곳에 머무는데, 갑자기 암염소와 한 소년이 그 앞에 나타난다. '나'의 허기진 목소리를 듣고 소년은 자신이 가지고 있는 사탕 봉지를 내밀고, '나'는 감격하며 사탕 하나를 집어 먹는다. 다시 순식간에 소년은 암염소를 끌고 언덕으로 사라지고 '나'는 힘을 내 왔던 길로 돌아간다. 비상식적인 속도로 걸어가던 '나'는 시내에서 부두로 가는 길에서는 보지 못했던 대성당을 발견하고 그 안으로 들어간다. 자칫 잘못하면 추락할 수도 있는 대성당 꼭대기로 올라간 '나'는 떨어지지 않으려고 벽에 바짝 붙어 자신과 반대 방향으로 돌고 있는 한 남자를 만난다. 그리고 계단 아래로 사라진 한 남자와 한 소녀를 목격한다. 다시 거리로 나간 '나'는 한 행인에게 목자들의 문의 위치를 묻지만 대답을 듣지 못한 채, 역시나 이해할 수 없는 빠른 속도로 움직이기 시작한다. 인적이 뜸한 새벽 거리에서는 육탄전을 벌이는 남자 두 명과 자전

거를 타고 가는 사람, 매춘을 하는 듯한 여성 한 명을 만난
다. '나'는 한 행인에게 목자들의 문이 어디 있으며 지금 몇
시인지 또 물어보지만, 그림자 취급만 당하고 답을 얻지 못
한다. 인도 가장자리에 있는 벤치를 발견한 '나'는 가던 길
을 멈추고 벤치에 앉는다. 잠깐 졸다 깨어보니 한 남자가 그
옆에 앉아 있다. 이 남자는 다른 사람들과 달리 '나'의 질문
에 답해줄 뿐만 아니라 자신의 인생 이야기를 늘어놓기까
지 한다. 그리고 '나'에게 자신의 유리병을 강매하려 들다가
'나'가 무일푼이라는 사실을 알고는 뽀뽀와 유리병을 교환
하자고 한다. 그렇게 교환이 이뤄지고 남자는 떠난다. '나'는
말 정육점으로 가서 갈고리에 매달려 있는 말고기를 구경하
고는 그곳을 벗어나 목자들의 문을 향해 간다. 도중에 '나'
는 그동안 만났던 사람들을 추억하고 불이 켜져 있는 집들
을 감상하다가 그만 쓰러지고 만다. 한 무리의 사람들이 있
었지만 그 누구의 도움도 받지 못한 채 그렇게 쓰러져 있다
가 '나'는 다시 일어나 자신의 길을 간다.

　데칼코마니 같은 구조를 하고 있는 이 단편은 상대성
원리를 떠올리게 하는 속도와 시간을 보여준다. 먼저 어떤
요소들이 데칼코마니적인 요소로서 서로 상응하는지 찾아
보는 것도 재미있는 독서가 되리라 생각한다. 그리고 어떤
부분이 주관적인 속도와 시간을 드러내는지, 그와 같은 장
치가 이 소설을 어떻게 전통적인 소설과 구분되게 만드는

지, 그 주관적인 속도와 시간이 무엇을 의미하는지 하나하나 정리해보면 이 짧은 소설에서 삶의 신비와 예술의 깊이를 느낄 수 있을 것이다. 어떤 중심이 되는 사건 없이 여정으로만 이뤄진 이 소설은, 부랑자라는 주인공의 처지와 특성을 더욱 도드라지게 만들면서 집을 소유하고 있는 인물들과 주인공과의 대비를 부각시킨다. 그리고 이 대비는 다시 기독교 표시들과 연결되는데, 텍스트에 나오는 기독교 표시들은 무엇이며 어떤 측면에서 이러한 대비와 연결되는지 생각해본다면 베케트가 지향하는 예술 세계의 구조를 어느 정도는 이해할 수 있을 것이다.

끝

1946년에 집필된 단편들 중 가장 먼저 쓰인 이 작품의 제목은 원래 「연속」이었다. 영어로 29쪽 정도 쓰다가 창작 언어를 프랑스어로 바꿨고, 그 결과물에 만족한 베케트는 이를 계기로 나머지 단편들을 전부 다 프랑스어로 집필했다. 다른 단편들처럼 이 단편도 화자이자 주인공인 '나'가 쫓겨나는 장면으로 시작된다. 한 자선 기관에 머물고 있던 늙은 '나'는 그곳에서 돈을 받고 쫓겨난다. 거처를 잃은 '나'는 무작정 시내로 가서 자신이 거할 처소를 알아본다. 그러다 그리스 아니면 터키 출신의 한 여자의 집 지하실에 거주하게 되고, 그녀는 계약대로 매일 음식을 가져다주고 배설

물을 치워준다. 지하실에 거하면서 '나'는 사프란을 키우기도 하고 붉은 머리 소녀, 경찰관과 신부의 방문을 받기도 한다. 어느 날 여주인은 '나'에게 여섯 달치 방세를 미리 내면 할인을 해주겠다는 제안을 하고 '나'는 그 제안을 수락하는데, 며칠 뒤 진짜 집주인이 나타나서 자기 돼지를 위해 지하실을 비워달라고 말한다. 그렇게 지하실에서 쫓겨난 '나'는 돈을 돌려받기 위해서 그리스인 아니면 터키인 여자를 찾아 돌아다니지만 큰 성과는 거두지 못한다. 그러다가 어느 날 '나'는 예전부터 알던, 당나귀와 함께 바닷가 동굴에서 살고 있는 한 남자를 우연히 만나게 된다. 그 남자의 호의로 한동안 바닷가 동굴에서 지내던 '나'는 도저히 바다를 견딜 수 없게 되어 그 남자 소유의 산속 오두막으로 거처를 옮긴다. 그곳에서 '나'는 극심한 허기에 시달리다가 우연히 들어온 암소의 젖을 짜 마시는 데 성공하기는 하나, 그 이상의 식량을 구할 수 없으리라 판단하고 도시 근교로 가서 구걸을 시작한다. 구걸로 번 돈으로 우유도 구입하면서 근근이 삶을 유지하던 어느 날, '나'는 적선하는 행위를 비판하는 한 연설가와 대면하게 된다. 그 일로 충격을 받은 '나'는 더는 구걸하러 나가지 않고 직접 수리한 보트를 타고 바다로 나간다. 그리고 미리 뚫어놓은 구멍이 완전히 드러나도록 조치를 취한 다음, 진정제를 삼킨다. 그렇게 이 단편은 보트에 물이 차기를 기다리는 '나'를 보여주면서 끝을 맺는다.

마치 지금까지 읽은 단편들을 정리하고 마무리하는 듯한 이 단편은 사실 이상의 모든 단편들의 시작이다. 작가가 상반된 의미로 제목을 수정할 수 있었던 이유는, 그의 문학 세계에서 끝과 시작은 서로 구분되는 개념이 아니었기 때문이다. 연대기적 시간에서 벗어나 있는 「진정제」에서 삶과 죽음이 순차적으로 일어나는 현상이 아닌 것처럼, 어느 시점을 시작으로 하고 어느 시점을 끝으로 정할 수 있는지 무한한 반복을 전제하고 있는 베케트의 문학 세계에서는 알 수가 없다. 이 텍스트에서 제목을 배반하는 요소들을 찾아보는 작업은 이상의 이야기를 경험하는 데 큰 도움이 될 것이다.

베케트가 지향하는 글쓰기는 이해를 어렵게 만드는 글쓰기, 즉 무지를 드러낼 수 있는 글쓰기다. 게다가 베케트는 전통적인 소설 작법에서 벗어나기를 원했기 때문에 전통적인 소설 문법에서 시행했던 내용과 형식의 구분, 개연성 있는 사건의 전개, 뚜렷한 정체성을 가진 인물들과 명확한 사건의 장소, 소설을 통해서 전하고자 하는 윤리적 메시지 등을 자신의 글쓰기를 통해서 파괴하고 변형시켰다. 그 결과 베케트의 작품을 접한 독자들의 가장 일반적인 반응은 '이해가 안 된다'이다. 베케트의 문학관에 비춰 이 반응을 생각해보면, 역설적이기는 하나 베케트의 작품을 가장 잘 이해한 반응이라고도 말할 수 있을 것이다.

그러면 이해도 할 수 없는 이런 작품을 왜 읽어야 할까? 베케트의 대표작이라 할 수 있는 『고도를 기다리며』가 연극으로 상영됐을 때, 이 낯선 극을 본 관객들은 당황하지 않을 수 없었다. 아름다운 무대장치도 없고, 특별한 사건도 없으며, 멋진 주인공도 나오지 않고, 의미 없는 말장난이나 오가는 한마디로 규정할 수 없는, 한마디로 이해가 잘 안 되는 연극이었기 때문이다. 그런데 놀라운 일은 이 연극이 당시 꽤 큰 성공을 거뒀다는 점이다. 게다가 더욱 놀라운 일은 이 작품이 아직까지도 세계 도처에서 원작 그대로 혹은 여러 형태로 각색되어 공연되고 있다는 점이다. 그 이유를 살펴보면 베케트의 소설 작품을 읽어야 할 이유도 조금은 알 수 있지 않을까?

전통적인 형태의 연극은 관객에게 질문을 던지지 않는다. 관객은 철저하게 관객으로 남아 제시된 작품을 소비하고 작가의 의도대로 혹은 연출자의 의도대로 받아들일 뿐이다. 반면 『고도를 기다리며』는 관객을 극의 한 요소로 만들어버린다. 관객은 극장에 앉아 있는 자신의 실존을 자각하고, 작품에서 끊임없이 제시하는 질문에 대해 '생각'이라는 것을 하게 된다. 그리고 무대 위 인물처럼 그 생각으로 인해 고통을 겪는다. 이는 주인공에게 동화되어 카타르시스를 경험하는 상황과는 정반대의 상황이다. 이 경험은 극이 끝나는 순간부터 더 강렬해지고, 또 극이 끝나는 그 순간부터 관객의 삶을 연극의 연장으로 만들어버린다. 이런 것도 연극이 될 수 있는가? 이런 걸 돈 내고 봤나? 나는 무엇을 기억하는가? 반복되는 일상에서 나는 구원받을 수 있을까? 나는 누구인가? 왜 태어났을까? 이 현실을 그대로 받아들여도 될까? 무엇이 잘못된 것일까? 아주 오래전에 잊었던 근원적인 질문들이 되살아나 고착된 일상에 균열을 만들어 '나'라는 우연한 존재를 돌아보고 '나'가 속한 사회의 편견 가득한 그 폭력의 무게를 느끼기 시작하는 것이다.

소설을 접하는 독자 역시 동일한 경험을 하게 된다. 이런 것도 소설이 될 수 있는가? 나는 이 소설을 왜 읽고 있는가? 나는 이 소설과 어떻게 소통해야 하는가? 나는 무엇을 알고 있는가? 나는 내 삶의 주체인가? 나는 누구인가? 이 답답한 현실에서 나는 어떻게 탈출구를 마련해야 하는가? 답이 없는 질문들이지만 잊지 말아야 할 질문들. 왜냐하면 질문을 멈추는 순간 세상은 편견 덩어리가 되고 나 역시 그 폭력에 일조하는 독재자가 될 테니까.

독자는 텍스트와 싸우면서 텍스트가 던지는 질문과 독자 자신이 던지는 질문 사이에서 일종의 낯선 추락을 맛보게 된다. 편하고 익숙한 것으로부터 벗어나 주변으로 추락하는 일은 고통과 공포다. 베케트의 소설이 불편한 이유들 중 하나는 이러한 고통과 공포를 마주하게 만들기 때문이다. 문법에 어긋난 문장들, 뚜렷한 사건이 없는 이야기, 주변으로 추락한 짐승과 다를 바 없는 인물들, 일관성 없는 화자의 서술, 자아의 분열 등. 이러한 요소들은 힘들일 필요 없는 익숙한 독서를 낯선 행위로 만들어버리고 만다. 베케트 소설을 접하는 순간 독자, 작가와 작중인물은 뒤엉킨다. 독자는 작가와 작중인물들이 느끼는 고통에 비견하는 고통을 느끼며, 읽히지 않는 텍스트를 읽기 위해 다양한 시도를 함으로써 독서라기보다는 창작에 가까운 경험을 하게 된다. 그래서 베케트의 텍스트를 경험하는 것은 예술 작업에 참여하는 것이고, 인생에 질문을 던지는 것이며, 자신 안에 있는 자신을 관조하는 일이다.

인생은 참으로 예측 불가능하다. 인생은 참으로 평탄하기가 힘들다. 우리는 매일매일 종말을 느끼고 매일매일 또 삶을 이어간다. 미세 먼지로, 온난화로, 뜻하지 않은 21세기의 전염병으로, 최첨단을 향해 가는 지금 매 순간 구원을 바라며 허덕이고 있다. 이 불안이 우리에게 용기를 빼앗고 자본이라는 전제적 가치에 더 치열하게 종속되도록 이끌고 있다. 그러다 보니 갈수록 쓸데없는 일을 피하려고 한다. 잘 살기 위해서. 그런데 어떻게 해야 잘 살 수 있는 것인가? 매뉴얼대로만 하면 잘 살 수 있다고 확신하는가? 질문 없이 허덕이며 추락하지 않기 위해 애쓰는 이들에게 뜻대로 할 수 없는 게 인생이라고, 베케트 소설을 읽으며 잠깐 시간을 낭

비해보지는 않을는지 제안해본다. 어쩌면 바로 그 지점에서
뭐가 보일지도 모르니까.

작가 연보

1906 4월 13일 아일랜드 더블린 근교 폭스록에서 유복한 프로테스탄트 집안의 차남으로 출생.

1920 영국계 중산층을 위한 포토라 왕립 기숙학교 입학.

1923 더블린 트리니티 칼리지에 입학하여 프랑스어와 이탈리아어 전공.

1926 첫 프랑스 방문.

1927 첫 이탈리아 방문. 트리니티 칼리지를 수석으로 졸업.

1928 벨파스트 캠벨 대학에서 프랑스어와 영어 강의.
      프랑스 파리 고등사범학교에 교환교수로 부임. 제임스 조이스와 만나 그로부터 압도적인 영향을 받음.

1929 조이스에게 헌정하는 글 「단테…… 브루노. 비코…… 조이스Dante... Bruno. Vico... Joyce」를 잡지 『변천Transition』에 발표.

1930 모교 트리니티 칼리지에 프랑스어 보조 강사로 취임.
      이 시기에 쇼펜하우어와 칸트 그리고 횔링크스에 심취.
      최초의 단행본 시집 『호로스코프Whoroscope』 출판.

1931	비평서『프루스트*Proust*』출판.
1932	강사직을 그만두고 독일로 여행.
1933	부친 사망.
1934	런던으로 이주. 단편집『발길질보다 따끔함*More pricks than kicks*』출판. 여러 잡지에 릴케, 파운드 등 작가들에 대한 평을 씀.
1935	영어 시 13편이 수록된 시집『에코의 뼈들 그리고 다른 침전물들*Echo's Bones and Other Precipitates*』파리에서 출판. 소설『머피*Murphy*』집필 시작.
1936	런던에 염증을 느끼고 독일로 여행.
1937	파리에 정착하여 프랑스어로 글을 쓰기 시작. 잡지『변천』에 번역과 평을 쓰면서 생계유지.
1938	허버트 리드의 도움으로 런던에서『머피』출판, 큰 반향을 일으키지는 못함.
1939	아일랜드에 머물던 중 프랑스가 독일에 함락되었다는 소식을 듣고 파리로 돌아감.
1941	나치에 저항하여 레지스탕스에 가담.
1942	게슈타포에 발각되어 프랑스 남부 루시옹으로 피신. 전쟁이 끝날 때까지 농장에서 일하며 생계유지. 영어 소설『와트*Watt*』집필.
1945	제2차 세계대전이 끝나고 파리로 돌아감. 레지스탕스 활동의 공로를 인정받아 '전쟁의 십자가' 메달 받음.

1946 영어에서 프랑스어로 창작 언어를 바꾸어 집필 활동
      에 몰두하기 시작. 영어로 집필하다가 프랑스어로 창작
      언어를 바꿔서 마무리한 첫 단편 「연속Suite」(나중에
      「끝La Fin」으로 제목 바뀜), 프랑스어로만 쓴 첫 장편
      소설 『메르시에와 카미에Mercier et Camier』 집필. 그 후
      로 「추방자L'Expulsé」『첫사랑Premier Amour』「진정제Le
      Calmant」 등 다수의 작품을 프랑스어로 집필.

1947 보르다스 출판사에서 『머피』 출판. 독자들의 호응을 얻
      지 못함. 『몰로이Molloy』『말론 죽다Malone meurt』 집필
      시작.

1948 『고도를 기다리며En attendant Godot』와 몇 편의 시를 집
      필.

1949 『이름 붙일 수 없는 자L'Innommable』 집필.

1950 「아무것도 아닌 텍스트들Textes pour rien」 집필.
      모친 사망.

1951 『몰로이』 미뉘 출판사에서 출판. 이어서 『말론 죽다』
      출판.

1952 『고도를 기다리며』 미뉘 출판사에서 출판.

1953 몽파르나스 바빌론 소극장에서 「고도를 기다리며」 초
      연. 미뉘 출판사에서 『이름 붙일 수 없는 자』 출판. 『와
      트』 영어판 출판. 미뉘 출판사에서 『머피』 출판.

1954 뉴욕에서 『고도를 기다리며Waiting for Godot』 영어판 출판.

형 프랭크 사망.

1955 파리에서 『몰로이』 영어판 출판. 아일랜드에서 『몰로이』가 판금 서적으로 선정. 런던과 더블린에서 「고도를 기다리며」 영어판 초연. 『단편들 그리고 아무것도 아닌 텍스트들 Nouvelles et Textes pour rien』 미뉘 출판사에서 출판.

1956 「고도를 기다리며」 미국에서 초연. 뉴욕에서 『말론 죽다』 영어판 출판.

1957 런던에서 「마지막 승부」 초연. 『마지막 승부 Fin de partie / 무언극1 Acte sans paroles I』 출판. 최초의 라디오 드라마 「넘어지는 모든 자들 Tous ceux qui tombent」이 BBC 제3방송을 통해 방송. 『넘어지는 모든 자들』 영어판과 프랑스어판을 미뉘 출판사에서 출판.

1958 『몰로이』『말론 죽다』『이름 붙일 수 없는 자』를 한 권으로 묶은 『3부작 Trilogy』을 영국에서 출판. 뉴욕에서 「마지막 승부」 초연. 런던에서 「크랩의 마지막 테이프 Krapp's last tape」 초연. 『마지막 승부 / 무언극 1 Endgame, followed by Act Without Words I』 영어판 출판.

1959 라디오 드라마 「타다 남은 불씨들 Embers」 BBC에서 방송. 「타고 남은 재들 cendres」과 「마지막 테이프 la Dernière bande」가 한 권으로 묶여 미뉘 출판사에서 출판. 트리니티 칼리지에서 명예박사 학위 받음.

1960 1월 뉴욕에서 「크랩의 마지막 테이프」 초연. 3월에는 프랑스에서 초연. 『그게 어떤지 Comment c'est』 집필 완료.

1961 영국에서 쉬잔과 결혼. 뉴욕에서 「행복한 날들 Happy Days」 초연 및 책으로 출판. 『그게 어떤지』 출판. 국제 출판인상 수상.

1962 라디오 드라마 「말과 음악 Words and music」 BBC에서 방송.

1963 「넘어지는 모든 자들」 프랑스 텔레비전 방송. 라디오 드라마 「카스칸도 Cascando」 프랑스 국영 라디오 텔레비전 방송국에서 방송. 『오, 아름다운 날들 Oh Les beaux jours』 미뉘 출판사에서 출판. 독일에서 「연극 Comédie」 초연.

1964 영화 「영화 Film」의 시나리오 집필. 이 영화로 뉴욕, 런던을 비롯한 세계 여러 영화제에서 수상.

1965 단막극 「왔다 갔다 come and go」 집필. 첫 TV 드라마 스크립트 「에이 조 Eh Joe」 집필.

1966 단막극 「왔다 갔다」가 프랑스어로 번역되어 『코메디 및 기타 극작품 Comédie et Actes divers』에 다른 희곡 작품들과 함께 수록.

1967 베케트 자신이 직접 연출을 맡아 베를린에서 「마지막 승부」 상연.

1968 『와트』 프랑스어판 미뉘 출판사에서 출판.

1969	노벨 문학상 수상. 스톡홀름 시상식에 참여하지 않음. 일체의 인터뷰 거절.
1970	『메르시에와 카미에』『첫사랑』미뉘 출판사에서 출판.
1972	뉴욕에서 「나는 아니야Not I」 초연.
1973	소설 『첫사랑』, 작품집 『숨소리와 다른 짧은 글들*Breath and Other Shorts*』 런던에서 출판.
1976	베케트의 70회 생일 기념으로 런던에서 「발소리Footfalls」 초연.
1977	「유령 트리오Ghost trio」 BBC에서 방송. 런던에서 베케트 시집 출판.
1981	베케트의 75회 생일 기념으로 미국에서 「자장가Rockaby」 「오하이오 즉흥곡Ohio impromptu」 초연.
1982	「대단원Catastrophe」 초연.
1989	7월 부인 쉬잔 사망. 12월 22일에 베케트 사망. 파리 몽파르나스 묘지에 함께 묻힘.